COMÉDIAS DA VIDA PRIVADA

Luis Fernando Verissimo

Comédias da vida privada

Antologia

OBJETIVA

Grafia atualizada segundo o Acordo Ortográfico da Língua Portuguesa de 1990, que entrou em vigor no Brasil em 2009.

As crônicas reunidas neste volume foram selecionadas das primeiras edições dos livros *Comédias da vida privada* (1994), *Novas comédias da vida privada* (1996) e *O melhor das comédias da vida privada* (2004).

Capa
Casa Rex

Ilustração de capa
Luis Fernando Verissimo

Pesquisa
Marcelo Dunlop

Cotejo de originais
Vitória Galindo

Revisão
Luís Eduardo Gonçalves
Natália Mori

Os personagens e as situações desta obra são reais apenas no universo da ficção; não se referem a pessoas e fatos concretos, e não emitem opinião sobre eles.

Dados Internacionais de Catalogação na Publicação (CIP)
(Câmara Brasileira do Livro, SP, Brasil)

Verissimo, Luis Fernando, 1936-2025
Comédias da vida privada : Antologia / Luis Fernando Verissimo. — 1ª ed — Rio de Janeiro : Objetiva, 2025.

ISBN 978-85-390-0902-2

1. Crônicas brasileiras 2. Humorismo brasileiro I. Título.

25-287205 CDD-B869.8

Índice para catálogo sistemático:
1. Crônicas : Literatura brasileira B869.8

Cibele Maria Dias — Bibliotecária — CRB-8/9427

EDITORA SCHWARCZ S.A.
Praça Floriano, 19, sala 3001 — Cinelândia
20031-050 — Rio de Janeiro — RJ
Telefone: (21) 3993-7510
www.companhiadasletras.com.br
www.blogdacompanhia.com.br
facebook.com/editoraobjetiva
instagram.com/editora_objetiva
x.com/edobjetiva

Sumário

Prefácio

É reconfortante saber que ainda há quem leia prefácios. Por que me convidaram para escrever este? Um palpite: Verissimo é o meu escritor brasileiro favorito. W. H. Auden diz que "o prazer não é infalível como senso crítico, mas é o menos falível". O fato é que nenhum autor brasileiro – incluindo Machado de Assis, Guimarães Rosa ou Drummond – me proporcionou tanto prazer na leitura como Luis Fernando Verissimo. Falo daquele tipo de prazer que só a leitura oferece: um mergulho no mundo das palavras, da língua e da linguagem, das ideias e das histórias, de onde se emerge transformado. Um texto pode nos ensinar sobre nós, sobre o mundo e sobre a linguagem. Verissimo faz tudo isso como muito poucos.

Virei seu fã aos nove anos, em 1968, quando li *O especialista e outros contos*, da editora Globo, que reunia oito textos de humoristas americanos. O livro foi reeditado mais tarde com o título *As calcinhas cor-de-rosa do capitão* e distribuído em postos de gasolina como brinde. É possível encontrar em sebos por dez reais: garanto que não há presente melhor por este preço. É um dos meus livros preferidos até hoje. Reli muitas vezes antes de descobrir, em letras miúdas, o nome do tradutor que dava unidade e leveza às histórias, todas com humor e diálogos incomparáveis: Luis Fernando Verissimo. Que eu saiba, foi seu primeiro trabalho no mundo da escrita.

Passei a segui-lo na *Folha da Manhã* e na *Zero Hora*, todos os dias. Quando tinha pouco tempo para ler o jornal, ia direto no Verissimo. Ele saltava da crônica para o conto, do melhor jornalismo para a melhor piada, do desenho para o poema, numa capacidade espantosa e aparentemente infindável de análise e de criação. Como alguém podia ser, ao mesmo tempo, tão profundo e tão engraçado? Como alguém podia escrever tão bem todos os dias?

Em 1974 comprei seu primeiro livro, *O Popular*, que reunia algumas crônicas de jornal. Em 1982 comecei a trabalhar na televisão, e ele foi um dos meus primeiros entrevistados. Nervoso, preparei uma gigantesca e complexa pergunta de abertura sobre o humor, citando o texto do Bergson sobre o riso e trechos de Aristóteles. A resposta: "É verdade". E só. Malabarizei minhas fichas — o terror da televisão é o silêncio —, gaguejei um tanto e perguntei como tinha conhecido a Lúcia. Pronto, a conversa foi muito boa.

Em 1984 fiz meu primeiro curta, baseado num conto dele. O texto é ótimo, o filme nem tanto, peca por excesso de fidelidade. Dez anos mais tarde, adaptei muitos de seus contos na série *A comédia da vida privada*, vários dos quais estão neste livro. Foi um grande sucesso, virou livro e, para surpresa da equipe, o programa preferido de crianças até doze anos. Ouvido por um jornal, um pirralho de onze anos explicou por que gostava tanto das histórias: "Eu gosto de saber o que os meus pais conversam no banheiro". Não me pergunte como o Verissimo sabe o que os pais brasileiros de classe média conversam no banheiro. Uma rede de escutas clandestinas? Informantes? Disfarces de zelador? Quem sabe?

Verissimo é o autor mais falsificado do país, e não conheço glória mais irrefutável. Só os grandes mestres são falsificados. Não são poucos os mequetrefes que escrevem textos supostamente inteligentes e bem-humorados e, para conquistar a boa vontade do leitor, inventam que é do Verissimo. Afirmo, com orgulho, que nenhum deles nunca me enganou. Verissimo é inconfundível. Li todos os seus livros. Os textos não carregam ofensas, preconceitos, não se levam a sério demais, mas também não sorriem à toa. E não têm clichês. Se aparece um, pode ter certeza de que, depois da próxima vírgula, será destruído, pulverizado, exposto ao ridículo. Verissimo é sempre inteligente, elegante, preciso e bem-humorado.

E os personagens? Ele é capaz de criar personagens arquetípicos — o Analista de Bagé, a Velhinha de Taubaté, Ed Mort, Dora Avante, As Cobras, Dudu, o Alarmista — prontos para viver mil histórias, mas também captura seres singulares, únicos, em pleno voo, todos ridículos e adoráveis, o que é uma ótima definição da espécie humana.

E os diálogos? Diálogos são uma arte própria, um ramo específico da dramaturgia; na indústria cinematográfica, dialoguista é uma profissão. Michel Chion ensina que "o equilíbrio do diálogo deve ser encontrado entre a concentração excessiva do texto escrito e o caráter demasiado diluído da verdadeira conversa realista". Verissimo domina, como poucos, esse delicado equilíbrio. É um dos maiores dialoguistas que eu conheço, ao lado de Harold Pinter, Nelson Rodrigues, Rubem Fonseca, Millôr, Billy Wilder, Domingos Oliveira, Tennessee Williams.

No caso de Verissimo, o talento para os diálogos está ligado à sua vocação para o diálogo na vida. Atenção: ao diálogo, não à conversa, que ele é de pouca, mas como presta atenção! Escuta como poucos — e talvez a qualidade venha justamente daí. Na política, já se definiu como um "radical da tolerância", o que faz sentido. Autor da melhor ficção, defende sempre seus personagens: todos têm suas razões. Essa defesa intransigente da tolerância – "Eu prefiro ter amigos do que ter razão" – vem de sua genuína empatia pelo ser humano comum e único, o Popular, a pessoa que "é tão classe média que tem 1,8 filhos", brasileiras e brasileiros que conversam no banheiro, a quem conhece e retrata como ninguém.

Jorge Furtado

I

A dois

O que fazem os vaga-lumes de dia?

— Pa-ô-la (desde o começo ele a chamara assim, como se o nome dela fosse espanhol), este nosso caso...

— Que caso?

— Nós não estamos tendo um caso?

— Que ideia, Dan!

Ele se chamava Daniel.

— Se nós não estamos tendo um caso, estamos tendo exatamente o quê?

— Sei lá, mas caso não é.

— Pa-ô-la...

— Caso é assim uma coisa clandestina. Adultério. Precisa ser casado.

— Acho que quando tem sexo no meio, é caso. Independente do estado civil.

— Que ideia! Nada disso. O que nós estamos tendo é um namoro.

— Não. Namoro eu conheço. Não é namoro.

— Então é amizade. Só porque a gente dorme junto não pode ser amizade?

— Pa-ô-la. Há sete meses nós só dormimos um com o outro. Nos vemos todos os dias. Andamos abraçados na rua.

— Então. Uma boa amizade.

— Comemos sorvete de casquinha com a mesma colher, Pa-ô-la.

— E daí?

— Em certas sociedades, comer sorvete de casquinha com a mesma colher vale mais que pacto de sangue.

— Não vem.

— E o que você diz quando está tendo um...

— Eu sei o que eu digo!

— "Dan, Danzinho, amor, vida, paixão."

— É a emoção, ora. Nessas horas a gente diz qualquer coisa. Uma amiga minha grita o nome de todos os apóstolos. E você, que quando me vê só falta chorar? Mesmo que a gente tenha dormido junto na noite anterior. Oito horas sem me ver e faz um escândalo.

— Mas eu estou tendo um caso com você. Um caso muito bonito. Pena que você não esteja participando dele.

— Não vem, Dan.

— Não. Tudo bem. Somos apenas bons amigos. Onde está escrito "Dan, Danzinho, amor, vida, paixão", leia-se "Ai que bom".

— Está certo. Não é amizade. Mas não é caso.

— Romance.

— Também não.

— Um espasmo. Um descontrole hormonal.

— Para.

— Uma história.

— Isso. Uma história. Está rolando uma história entre nós.

— Que tipo de história?

— Como, que tipo?

— Cômica, séria, trágica... Acaba como?

— E eu sei?

— Só pra minha orientação.

— Por que isto, de repente? Por que esta preocupação? Estamos tendo um ca... uma história legal, sem grilo...

— Mas nós não sabemos o que é. Você não tem necessidade de saber o que está acontecendo com você?

— Pra quê? Deixa acontecer.

— Imagina se esta história acaba num crime. Tudo que está acontecendo agora ganha outro significado. Nós podemos estar vivendo o prólogo de uma tragédia sem saber. Se a gente soubesse o que é, e como acaba...

— Ah, é? Se eu soubesse que você ia me matar no fim, sabe o que eu fazia? Matava você agora. Rá, rá. Mudava o fim.

— Exatamente! Nós precisamos saber o que está nos acontecendo para agir conscientemente, para aproveitar melhor a história e até mudá-la.

— E você é incapaz de matar uma mosca.

— Mas você não me viu com mosquitos.

— Quer saber de uma coisa?

— Uma vez, quando era guri, desmembrei uma formiga. Você não me conhece.

— Me ouve.

— E se esta história acaba em casamento? Filhos, essas coisas. Hein? E se acaba em almoços de domingo e planos de saúde? Nós precisamos saber no que estamos nos metendo!

— Sabe que eu acho que vou mesmo matar você? Assim você fica sabendo o fim e para de chatear.

— Pa-ô-la...

— Taí. É um conto.

— Um conto?!

— Daqueles que começa no meio de um diálogo, não acontece nada e termina no ar. Ninguém fica sabendo o que vai acontecer depois.

— Não faz isso comigo, Pa-ô-la.

— Com um título que não tem nada a ver com nada.

— Um conto, Pa-ô-la? Isto é só um conto? Um naco de história? Um diálogo perdido? Um...

Trapezista

Querida, eu juro que não era eu. Que coisa ridícula! Se você estivesse aqui – Alô? Alô? – olha, se você estivesse aqui ia ver a minha cara, inocente como o Diabo. O quê? Mas como ironia? "Como o Diabo" é força de expressão, que diabo. Você acha que eu ia brincar numa hora desta? Alô! Eu juro, pelo que há de mais sagrado, pelo túmulo da minha mãe, pela nossa conta no banco, pela cabeça dos nossos filhos, que não era eu naquela foto de Carnaval no Cascalho que saiu na *Folha da Manhã*. O quê? Alô! Alô! Como é que eu sei qual é a foto? Mas você não acaba de dizer... Ah, você não chegou a dizer... ah, você não chegou a dizer qual era o jornal. Bom, bem. Você não vai acreditar mas acontece que eu também vi a foto. Não desliga! Eu também vi a foto e tive a mesma reação. Que sujeito parecido comigo, pensei. Podia ser gêmeo. Agora, querida, nunca, em nenhum momento, está ouvindo? Em nenhum momento me passou pela cabeça a ideia de que você fosse pensar – querida, eu estou até começando a achar graça –, que você fosse pensar que aquele era eu. Por amor de Deus. Pra começo de conversa, você pode me imaginar de pareô vermelho e colar havaiano, pulando no Cascalho com uma bandida em cada braço? Não, faça-me o favor. E a cara das bandidas! Francamente, já que você não confia na minha fidelidade, que confiasse no meu bom gosto, poxa! O quê? Querida, eu não disse "pareô vermelho". Tenho a mais absoluta, a mais tranquila, a mais inabalável certeza de que eu disse apenas "pareô". Como é que eu podia saber que era vermelho se a fotografia não era em cores, certo? Alô? Alô? Não desliga! Não... Olha, se você desligar está tudo acabado. Tudo acabado. Você não precisa nem voltar da praia. Fica aí com as crianças e funda uma colônia de pescadores. Não, estou falando sério. Perdi a paciência. Afinal, se você não confia em mim não adianta nada a gente continuar. Um casamento deve se... se... como é mesmo a palavra?... se alicerçar na confiança mútua. O casamento é como um número de trapézio, um precisa confiar no outro até de olhos fechados. É isso mesmo. E sabe de outra coisa? Eu não precisava ficar na cidade durante o Carnaval. Foi tudo mentira. Eu não tinha trabalho acumulado no escritório coisíssima nenhuma. Eu fiquei sabe para quê? Para testar você. Ficar na cidade foi como dar um salto mortal, sem rede, só para saber se você me pegaria no ar. Um teste do nosso amor. E você falhou. Você me decepcionou. Não vou nem gritar por socorro. Não, não me interrompa. Desculpas não adiantam mais. O próximo som que você ouvir será o do meu corpo se estatelando, com o baque surdo da desilusão, no duro chão da realidade. Alô? Eu disse que o próximo som que... O quê? Você não estava ouvindo nada? Qual foi a última coisa que você ouviu, coração? Pois sim, eu não falei – tenho certeza absoluta de que não falei – em "pareô vermelho". Sei lá que cor era o pareô daquele cretino na foto. Você precisa acreditar em mim, querida. O casamento é como um número de... Sim. Não. Claro. Como? Não. Certo. Quando você voltar pode perguntar para o... Você quer que eu jure? De novo? Pois eu juro. Passei sábado, domingo, segunda e terça no escritório. Não vi Carnaval nem pela janela. Só vim em casa tomar um banho e comer um sanduíche e vou logo voltar para lá. Como? Você telefonou para o escritório? Meu bem, é claro que a telefonista não estava trabalhando, não é, bem? Ha, ha, você é demais. Olha, querida? Alô? Sábado eu estou aí. Um beijo nas crianças. Socorro. Eu disse um beijo.

A mentira

João chegou em casa cansado e disse para a mulher, Maria, que queria tomar um banho, jantar e ir direto para a cama. Maria lembrou a João que naquela noite eles tinham ficado de jantar na casa de Pedro e Luísa. João deu um tapa na testa, disse um palavrão e declarou que de maneira nenhuma, não iria jantar na casa de ninguém. Maria disse que o jantar estava marcado há uma semana e seria uma falta de consideração com Pedro e Luísa, que afinal eram seus amigos, deixar de ir. João reafirmou que não ia. Encarregou Maria de telefonar para Luísa e dar uma desculpa qualquer. Que marcassem o jantar para a noite seguinte.

Maria telefonou para Luísa e disse que João chegara em casa muito abatido, até com um pouco de febre, e que ela achava melhor não tirá-lo de casa aquela noite. Luísa disse que era uma pena, que tinha preparado uma *blanquette de veau* que era uma beleza, mas que tudo bem. Importante é a saúde e é bom não facilitar. Marcaram o jantar para a noite seguinte, se João estivesse melhor.

João tomou banho, jantou e foi se deitar. Maria ficou na sala vendo televisão. Ali pelas nove bateram na porta. Do quarto, João, que ainda não dormira, deu um gemido. Maria, que já estava de camisola, entrou no quarto para pegar seu robe de chambre. João sugeriu que ela não abrisse a porta. Naquela hora só podia ser chato. Ele teria que sair da cama. Que deixasse bater. Maria concordou. Não abriu a porta.

Meia hora depois, tocou o telefone, acordando João. Maria atendeu. Era Luísa querendo saber o que tinha acontecido.

— Por quê? — perguntou Maria.

— Nós estivemos aí há pouco, batemos, batemos e ninguém atendeu.

— Vocês estiveram aqui?

— Para saber como estava o João. O Pedro disse que andou sentindo a mesma coisa há alguns dias e queria dar umas dicas. O que houve?

— Nem te conto — contou Maria, pensando rapidamente. — O João deu uma piorada. Tentei chamar um médico e não consegui. Tivemos que ir a um hospital.

— O quê? Então é grave.

— A febre aumentou. Ele começou a sentir dores no corpo.

— Apareceram pintas vermelhas no rosto — sugeriu João, que agora estava ao lado do telefone, apreensivo.

— Estava com o rosto coberto de pintas vermelhas.

— Meu Deus. Ele já teve sarampo, catapora, essas coisas?

— Já. O médico disse que nunca tinha visto coisa igual.

— Como é que ele está agora?

— Melhor. O médico deu uns remédios. Ele está na cama.

— Vamos já para aí.

— Espere!

Mas Luísa já tinha desligado. João e Maria se entreolharam. E agora? Não podiam receber Pedro e Luísa. Como explicar a ausência das pintas vermelhas?

— Podemos dizer que o remédio que o médico deu foi milagroso. Que eu estou bom. Que podemos até sair juntos para jantar — disse João, já com remorso.

— Eles iam desconfiar. Acho que já estão desconfiados. É por isso que vêm para cá. A Luísa não acreditou em nenhuma palavra que eu disse.

Decidiram apagar todas as luzes do apartamento e botar um bilhete na porta. João ditou o bilhete para Maria escrever.

— Bota aí: "João piorou subitamente. O médico achou melhor interná-lo. Telefonaremos do hospital".

— Eles são capazes de ir ao hospital à nossa procura.

— Não vão saber que hospital é.

— Telefonarão para todos. Eu sei. A Luísa nunca nos perdoará a *blanquette de veau* perdida.

— Então bota aí: "João piorou subitamente. Médico achou melhor interná-lo na sua clínica particular. O telefone lá é 236-6688".

— Mas esse é o telefone do seu escritório.

— Exato. Iremos para lá e esperaremos o telefonema deles.

— Mas até que a gente chegue ao seu escritório...

— Vamos embora!

Deixaram o bilhete preso na porta. Apertaram o botão do elevador. O elevador já estava subindo. Eram eles!

— Pela escada, depressa!

O carro de Pedro estava barrando a saída da garagem do edifício. Não podiam usar o carro. Demoraram para conseguir um táxi. Quando chegaram ao escritório de João, que perdeu mais tempo explicando ao porteiro a sua presença ali no meio da noite, o telefone já estava tocando. Maria apertou o nariz para disfarçar a voz e atendeu:

— Clínica Rochedo.

"Rochedo?!" espantou-se João, que se atirara, ofegante, numa poltrona.

— Um momentinho, por favor — disse Maria.

Tapou o fone e disse para João que era Luísa. Que mulherzinha! O que a gente faz para preservar uma amizade. E não passar por mentiroso. Maria voltou ao telefone.

— O sr. João está no quarto 17, mas não pode receber visitas. Sua senhora? Um momentinho por favor.

Maria tapou o fone outra vez.

— Ela quer falar comigo.

Atendeu com a sua voz normal.

— Alô, Luísa? Pois é. Estamos aqui. Ninguém sabe o que é. Está com pintas vermelhas por todo o corpo e as unhas estão ficando azuis. O quê? Não, Luísa, vocês não precisam vir para cá.

— Diz que é contagioso — sussurrou João, que com a cabeça atirada para trás preparava-se para retomar o sono na poltrona.

— É contagioso. Nem eu posso chegar perto dele. Aliás, eles vão evacuar toda a clínica e colocar barreiras em todas as ruas aqui perto. Estão desconfiados que é um vírus africano que...

Bacalhau

Vítor e Vivinha decidiram dar uma última chance a seu casamento. Depois de dez anos, nada mais dava certo, se irritavam um com o outro — era preciso ir atrás do amor perdido. E o lugar para procurá-lo era o restaurante onde tinham se conhecido, onde tinham ido na primeira vez em que saíram juntos, onde ele a pedira em casamento e onde comemoravam a data todos os anos. Até o sexto, quando, por alguma razão, pararam de frequentar o restaurante. Se o que tinham perdido estava em algum lugar, estaria no velho restaurante. Talvez as risadas dadas e as promessas de amor secreto ainda estivessem lá, presas no teto como balões de aniversário esquecidos, esperando o resgate. E se não estivessem, pelo menos haveria os bolinhos de bacalhau.

O restaurante continuava no mesmo lugar. Estava vazio.

— Até as toalhas são as mesmas! — disse Vivinha.

E os dois sentaram-se e ficaram se sorrindo, enternecidos, as boas lembranças rondando a mesa como fantasmas solícitos. Até que veio o garçom. Seria o mesmo do tempo deles?

— O senhor é o Adolfo?

— Não — respondeu o garçom.

E não fez qualquer comentário. Não ser o Adolfo parecia um fato ao qual ele se resignara há muito tempo. Vítor tamborilou a mesa com os dedos — um de seus hábitos que ultimamente irritavam Vivinha — e pediu:

— Antes de mais nada: bolinhos de bacalhau!

O garçom afastou-se, claramente não contagiado pelo entusiasmo de Vítor. Deixou sobre a mesa um cardápio datilografado e plastificado. Nada como os de antigamente. Vivinha examinou o cardápio, depois de pousar a mão suavemente sobre os dedos agitados de Vítor, para fazê-los parar.

— Mudou tudo — disse Vivinha, largando o cardápio.

Ficaram de mãos dadas, olhando em volta, sorrindo levemente mas sem dizer nada, até chegarem os bolinhos. Quatro. Cada um pegou um, mordeu e começou a mastigar.

— E então? — perguntou Vítor, depois de um tempo.

— Ainda não cheguei no bacalhau.

— O meu está ótimo.

— Você está brincando.

— Não, está ótimo. Igual ao que era no nosso tempo.

— Só que no nosso tempo era de bacalhau mesmo. Agora é de batata.

— Como, batata? E este gosto de bacalhau?

— Eles usam outro tipo de peixe. Muita batata, e um peixe barato. Bacalhau está muito caro.

— Eu estou sentindo um gosto bem definido de bacalhau. Igualzinho ao que eu me lembrava.

— Não é mais o mesmo, Vítor.

— Acho que é má vontade sua.

— Não sou eu, Vítor. É o bolinho.

Vítor pegou outro bolinho e botou inteiro na boca. Mastigou furiosamente.

— Mmmm — disse, desafiador.

— Vítor...

— Ô Adolfo! — gritou Vítor para o garçom, de boca cheia. — Mais quatro. E duas cervejas.

— Vítor, você pode mastigar esses bolinhos o quanto quiser, não vai encontrar bacalhau.

— Pois eu digo que é bacalhau.

— Não é mais, Vítor.

Ele parou de mastigar. Tirou o que sobrara da boca e colocou no prato. Olhou para Vivinha.

— E se a gente fingisse que é bacalhau?

— Não dá, Vítor.

O garçom chegou com as cervejas. Disse que os bolinhos estavam vindo.

— Suspende — ordenou Vítor.

— Vão pedir mais alguma coisa? — perguntou o garçom, indicando o cardápio com um queixo desdenhoso.

— Ainda não escolhemos.

Quando o garçom foi embora, Vítor inclinou-se para Vivinha e disse:

— Sabe o que eu acho? Acho que no nosso tempo já não era bacalhau. E a gente adorava.

— Era bacalhau.

— Não era! Nada era bacalhau naquela época. Mas você revirava os olhos assim mesmo.

E Vítor começou a batucar na mesa com os dedos até Vivinha abafar suas mãos com as dela. Desta vez com raiva.

Caixinhas

Ninguém jamais ficou sabendo o que, exatamente, o Ramão fez para a mulher, mas um dia ela começou a colecionar caixinhas. Nunca fora de colecionar nada e, de repente, começou a juntar caixas, caixetas, potezinhos, estojos. Em pouco tempo, tinha uma coleção considerável. O próprio Ramão se interessou. Dizia:

– Mostre a sua coleção de caixas, Santinha.

E a Santinha mostrava para as visitas a sua coleção de caixas.

– Que beleza!

As caixas, caixinhas, caixetas, potes, potezinhos, estojos, baús cobriam algumas mesas e várias estantes. Era realmente uma beleza. Mas, estranhamente, a Santinha era a que menos se entusiasmava com a própria coleção. Os outros a admiravam, ela não dizia nada. Ou então fornecia alguma informação lacônica.

– Essa é chinesa.

Ou:

– É pedra-sabão.

Ninguém mais tinha problemas sobre o que dar para a Santinha no seu aniversário ou no Natal. Caixas. E as amigas competiam, cada uma querendo descobrir uma caixa mais exótica para a coleção da Santinha. Uma caixinha tão pequeninha que só cabia uma ervilha. Um baú laqueado que, supostamente, pertencera ao conde d'Eu. Etc. etc. O Ramão também contribuía. Quando saía em uma das suas viagens, nunca deixava de trazer uma caixinha para a Santinha. Que Santinha aceitava, sem dizer uma palavra, e acrescentava à sua coleção. E a coleção já cobria a casa inteira.

Quando a polícia, alertada pelos vizinhos, entrou na casa, viu o sangue, viu a Santinha sentada numa cadeira, muda, folheando a *Amiga*, mas a princípio não viu o Ramão. Só o viu quando começou a abrir as caixinhas. Havia um pouco do Ramão em cada caixinha. Até na que só cabia uma ervilha tinha um ossinho. Um fêmur estava no baú do conde. E a Jacira ficou escandalizada quando soube que a cabeça do Ramão foi encontrada numa caixa de chapéu antiga que ela tinha trazido para a Santinha de Paris. Veja só, de Paris!

Ninguém desculpou a Santinha, mas o consenso geral era de que alguma coisa o Ramão tinha feito.

Trinta anos

Encontraram-se, trinta anos depois, numa festa. Ela sorriu e disse: "Como vai?".

— Vocês já se conhecem? — perguntou a dona da casa.

Ele não disse: "Nos conhecemos. No sentido bíblico, inclusive. Foi o amor da minha vida. Quase me matei por ela. Sou capaz de morrer agora. Ah, vida, vida".

Disse:

— Já.

— Faz horas, né? — disse ela.

Ele sentou-se ao lado dela. Estava emocionado. Mal conseguia dizer:

— Trinta anos...

— Xiii! Nem fala. Estou me sentindo uma velha.

E acrescentou:

— Caquética.

Curioso. Ela engordara, claro. Tinha rugas. Mas o que realmente mudara fora a sua voz. Ou será que ela sempre tivera aquela voz estridente? Impossível. Ele se lembrava de tudo dela. Tudo. O amor da sua vida. Ela agora lhe cutucava o braço.

– Tu tá um broto, hein?

– Que fim você levou? Quer dizer...

– Nem me fala, meu filho. Sabe que eu já sou avó?

– Não!

Ele não conseguira esconder o horror na sua voz. Mas ela tomou como um elogio. Gritou "Haroldo!", chamando o marido, que veio sorrindo. Ela apresentou: "Este aqui é um velho amigo...". Mas não disse o nome. Meu Deus, ela esqueceu o meu nome! Ela instruiu o marido:

– Mostra o retrato do Gustavinho.

E para ele:

– Tu vai ver que mimo de neto.

O Haroldo pegou a carteira. Ela esqueceu o meu nome. E eu me lembro de tudo! A cicatriz do apêndice. O apartamento em que se encontravam. "Vou te amar sempre, sempre!" Tudo!

O Haroldo tirou o retrato da carteira. Ele pegou o retrato. O Gustavinho olhava assustado para a câmera.

– Não é um amor? – perguntou ela.

Ele devolveu o retrato para o Haroldo. Disse:

– Não.

– Como, "não"?

– Não achei, pronto.

E saiu atrás de um uísque.

Lixo

Encontram-se na área de serviço. Cada um com seu pacote de lixo. É a primeira vez que se falam.

— Bom dia.

— Bom dia.

— A senhora é do 610.

— E o senhor do 612.

— É...

— Eu ainda não o conhecia pessoalmente...

— Pois é...

— Desculpe a minha indiscrição, mas tenho visto o seu lixo...

— O meu quê?

— O seu lixo.

— Ah...

— Reparei que nunca é muito. Sua família deve ser pequena...

— Na verdade sou só eu.

— Mmmm. Notei também que o senhor usa muita comida em lata.

— É que eu tenho que fazer minha própria comida. E como não sei cozinhar...

— Entendo.

— A senhora também...

— Me chame de você.

— Você também perdoe a minha indiscrição, mas tenho visto alguns restos de comida em seu lixo. Champignons, coisas assim...

— É que eu gosto muito de cozinhar. Fazer pratos diferentes. Mas como moro sozinha, às vezes sobra...

— A senhora... Você não tem família?

— Tenho, mas não aqui.

— No Espírito Santo.

— Como é que você sabe?

— Vejo uns envelopes no seu lixo. Do Espírito Santo.

— É. Mamãe escreve todas as semanas.

— Ela é professora?

— Isso é incrível! Como foi que você adivinhou?

— Pela letra no envelope. Achei que era letra de professora.

— O senhor não recebe muitas cartas. A julgar pelo seu lixo.

— Pois é...

— No outro dia tinha um envelope de telegrama amassado.

— É.

— Más notícias?

— Meu pai. Morreu.

— Sinto muito.

— Ele já estava bem velhinho. Lá no Sul. Há tempos não nos víamos.

— Foi por isso que você recomeçou a fumar?

— Como é que você sabe?

— De um dia para o outro começaram a aparecer carteiras de cigarro amassadas no seu lixo.

— É verdade. Mas consegui parar outra vez.

— Eu, graças a Deus, nunca fumei.

— Eu sei. Mas tenho visto uns vidrinhos de comprimido no seu lixo.

— Tranquilizantes. Foi uma fase. Já passou.

— Você brigou com o namorado, certo?

— Isso você também descobriu no lixo?

— Primeiro o buquê de flores, com o cartãozinho, jogado fora. Depois, muito lenço de papel.

— É, chorei bastante. Mas já passou.

— Mas hoje ainda tem uns lencinhos...

— É que eu estou com um pouco de coriza.

— Ah.

— Vejo muita revista de palavras cruzadas no seu lixo.

— É. Sim. Bem. Eu fico muito em casa. Não saio muito. Sabe como é.

— Namorada?

— Não.

— Mas há uns dias tinha uma fotografia de mulher no seu lixo. Até bonitinha.

— Eu estava limpando umas gavetas. Coisa antiga.

— Você não rasgou a fotografia. Isso significa que, no fundo, você quer que ela volte.

— Você já está analisando o meu lixo!

— Não posso negar que o seu lixo me interessou.

— Engraçado. Quando examinei o seu lixo, decidi que gostaria de conhecê-la. Acho que foi a poesia.

— Não! Você viu meus poemas?

— Vi e gostei muito.

— Mas são muito ruins!

— Se você achasse eles ruins mesmo, teria rasgado. Eles só estavam dobrados.

— Se eu soubesse que você ia ler...

— Só não fiquei com eles porque, afinal, estaria roubando. Se bem que, não sei: o lixo da pessoa ainda é propriedade dela?

— Acho que não. Lixo é domínio público.

— Você tem razão. Através do lixo, o particular se torna público. O que sobra da nossa vida privada se integra com a sobra dos outros. O lixo é comunitário. É a nossa parte mais social. Será isso?

— Bom, aí você já está indo fundo demais no lixo. Acho que...

— Ontem, no seu lixo...

— O quê?

— Me enganei, ou eram cascas de camarão?

— Acertou. Comprei uns camarões graúdos e descasquei.

— Eu adoro camarão.

— Descasquei, mas ainda não comi. Quem sabe a gente pode...

— Jantar juntos?

— É...

— Não quero dar trabalho.

— Trabalho nenhum.

— Vai sujar a sua cozinha.

— Nada. Num instante se limpa tudo e põe os restos fora.

— No seu lixo ou no meu?

O encontro

Ela o encontrou pensativo em frente aos vinhos importados. Quis virar, mas era tarde, o carrinho dela parou junto ao pé dele. Ele a encarou, primeiro sem expressão, depois com surpresa, depois com embaraço, e no fim os dois sorriram. Tinham estado casados seis anos e separados, um, e aquela era a primeira vez que se encontravam depois da separação. Sorriram, e ele falou antes dela; quase falaram ao mesmo tempo.

— Você está morando por aqui?

— Na casa do papai.

Na casa do papai! Ele sacudiu a cabeça, fingiu que arrumava alguma coisa dentro do seu carrinho — enlatados, bolachas, muitas garrafas — tudo para ela não ver que ele estava muito emocionado.

Soubera da morte do ex-sogro, mas não se animara a ir ao enterro. Fora logo depois da separação, ele não tivera coragem de ir dar condolências formais à mulher que, uma semana antes, ele chamara de vaca. Como era mesmo que ele tinha dito? "Tu és uma vaca sem coração!" Ela não tinha nada de vaca, era uma mulher esbelta, mas não lhe ocorrera outro insulto. Fora a última palavra que ele lhe dissera. E ela o chamara de farsante. Achou melhor não perguntar pela mãe dela.

— E você? — perguntou ela, ainda sorrindo.

Continuava bonita.

— Tenho um apartamento aqui perto.

Fizera bem em não ir ao enterro do velho. Melhor que o primeiro reencontro fosse assim, informal, num supermercado, à noite. O que é que ela estaria fazendo ali àquela hora?

— Você sempre faz compras de madrugada?

Meu Deus, pensou, será que ela vai tomar a pergunta como ironia?

Esse tinha sido um dos problemas do casamento, ele nunca sabia como ela ia interpretar o que ele dizia. Por isso, ele a chamara de vaca, no fim. *Vaca* não deixava dúvidas de que ele a desprezava.

— Não, não. É que estou com uns amigos lá em casa, resolvemos fazer alguma coisa para comer e não tinha nada em casa.

— Curioso, eu também tenho gente lá em casa e vim comprar bebidas, patê, essas coisas.

— Gozado.

Ela dissera *uns amigos*. Seria alguém do seu tempo? A velha turma? Ele nunca mais vira os antigos amigos do casal. Ela sempre fora mais social do que ele. Quem sabe era um *amigo*? Ela era uma mulher bonita, esbelta, claro que podia ter namorados, a vaca.

E ela estava pensando: ele odiava festas, odiava ter gente em casa. Programa, para ele, era ir para a casa do papai jogar buraco. Agora tem amigos em casa. Ou será *uma* amiga? Afinal, ele ainda era moço... Deixara a amiga no apartamento e viera fazer compras. E comprava vinhos importados, o farsante.

Ele pensou: ela não sente minha falta. Tem a casa cheia de amigos. E na certa viu que eu fiquei engasgado ao vê-la, pensa que eu sinto falta dela. Mas não vai ter essa satisfação, não senhora.

— Meu estoque de bebidas não dura muito. Tem sempre gente lá em casa — disse ele.

— Lá em casa também é uma festa atrás da outra.

— Você sempre gostou de festas.

— E você, não.

— A gente muda, né? Muda de hábitos...

— Tou vendo.

— Você não me reconheceria se viesse viver comigo outra vez.

Ela, ainda sorrindo:

— Que Deus me livre.

Os dois riram. Era um encontro informal.

Durante seis anos, tinham se amado muito. Não podiam viver um sem o outro. Os amigos diziam: "Esses dois, se um morrer o outro se suicida". Os amigos não sabiam que havia sempre uma ameaça de mal-entendido entre eles. Eles se amavam mas não se entendiam. Era como se o amor fosse mais forte, porque substituía o entendimento, tinha função acumulada. Ela interpretava o que ele dizia, ele não queria dizer nada.

Passaram juntos pela caixa, ele não se ofereceu para pagar, afinal era com a pensão que ele lhe pagava que ela dava festas para *uns amigos*. Ele pensou em perguntar pela mãe dela, ela pensou em perguntar se ele estava bem, se aquele problema do ácido úrico não voltara, começaram os dois a falar ao mesmo tempo, riram, depois se despediram sem dizer mais nada.

Quando ela chegou em casa ainda ouviu a mãe resmungar, da cama, que ela precisava acabar com aquela história de fazer as compras de madrugada, que ela precisava ter amigos, fazer alguma coisa, em vez de ficar lamentando o marido perdido. Ela não disse nada. Guardou as compras antes de ir dormir.

Quando ele chegou no apartamento, abriu uma lata de patê, o pacote de bolachas, abriu o vinho português, ficou bebendo e comendo sozinho, até ter sono e aí foi dormir.

"Aquele farsante", pensou ela, antes de dormir.

"Aquela vaca", pensou ele, antes de dormir.

O brinco

– Alô?

– Russo, deixa eu falar com a Moira.

– O quê?!

– Eu sei que ela está aí. Passa o telefone pra ela.

– Maurão, você enlouqueceu? O que que a Moira ia estar fazendo aqui a esta hora?

– Eu só quero falar com ela, Russo. Não vou brigar, não vou fazer cena...

– Mas o que é isso? Você sabe que horas são?

– Desculpe se interrompi qualquer coisa, mas eu preciso falar com a Moira.

– Maurão. Escuta. São três da manhã, eu estou dormindo, não tem ninguém aqui comigo e muito menos a... Ó Maurão! O que você pensa que eu sou? Você e a Moira são meus melhores amigos!

– A Moira não é só amiga, não é, Russo? Eu sei. Você e ela...

– Mas que loucura! Maurão...

– Deixe eu falar com ela!

– Quer saber de uma coisa? Vai à... Se a Moira não está em casa eu não tenho nada a ver com isso. Aqui ela não está.

— Você não sabia, mas eu vi você comprando o brinco no calçadão.

— Que brinco?

— Eu vi! E no dia seguinte o brinco apareceu na orelha da Moira.

— E ela disse que eu dei pra ela?

— Ela não disse nada. Eu vi!

— Maurão...

— Você quer que eu faça uma cena? Então está bem. Estou indo praí agora mesmo. Vamos fazer a cena completa, Russo. Marido traído, revólver na mão, tudo. Te prepara!

Maurão desliga. Russo fica por um momento pensativo. Roberto, deitado ao seu lado, não diz nada. Finalmente, Russo fala. Não há rancor em sua voz, só decepção.

— Você e a Moira, é, Roberto?

— Por que eu e a Moira?

— O brinco que eu comprei pra você apareceu na orelha dela.

— Deve ser um parecido.

— Por favor, Roberto. Tudo menos mentira.

— Está bem, eu dei o brinco, Russo. Mas não pra Moira. Pra Lise.

— Pra Lise?!

— É, pra Lise, minha mulher. Juro.

— E a Lise deu pra Moira.

— Será?

— Você sabe onde a Lise está agora, Roberto?

— Deve estar em casa, por quê?

— Porque a Moira não está em casa.

— Você acha que a Lise e a Moira...

— É melhor você ir embora, Roberto. Estou esperando alguém.

— Quem?

— O Maurão vem me matar.
— Eu fico.
— Você vai.
— Está bem.
Roberto levanta da cama, se veste e começa a sair.
— Roberto...
— Ahn?
— Você não gostou do brinco?

O homem que desapareceu no Prado

A notícia saiu nos jornais, com algum destaque, durante uma semana. Depois não se falou mais no assunto. Não havia mais o que falar. Um turista brasileiro que excursionava pela Europa com um grupo simplesmente desapareceu dentro do Museu do Prado, em Madri. Ficara para trás enquanto o grupo percorria os salões do museu em marcha acelerada, pois naquela mesma tarde tomariam o ônibus para Barcelona, e nunca mais fora visto. Sua mulher, que o acompanhava na excursão, ficou em Madri. Procurou o consulado brasileiro, foi à polícia, houve investigação, busca, consultas diplomáticas, perplexidade — seria sequestro? — e, finalmente, nada. O homem sumira. Onde, exatamente, tinha sido visto pela última vez? A mulher não sabia bem. Na sala que tinha aquelas pinturas de gente comprida e magra, muito feias. El Greco? Acho que é. Seu marido tinha alguma razão para, hmmm, querer abandoná-la, senhora? Nunca! Éramos bem-casados. Se o senhor fosse brasileiro, saberia muito bem quem nós somos. Gente muito importante.

De volta ao Brasil, a mulher contou à imprensa que aquela tinha sido a terceira viagem do casal à Europa. Na primeira, tinham ido a espetáculos e restaurantes. Na segunda, tinham liquidado os principais monumentos e paisagens, fotografando tudo para mostrar em casa e dar inveja aos amigos. Nesta viagem, iam dar uma passada pelos museus. Vocês sabem, cultura também é importante. Prado, Louvre, o Museu Picasso, em Barcelona. Ela fazia questão de dizer "Picassô", com acento no "o". Tinha alguma esperança de rever o marido? Sim. Tinha certeza de que o mistério seria esclarecido, um dia. Pobre do Oscar.

Alguns meses depois, outra notícia estranha apareceu nos jornais. Alguém no Museu do Prado descobrira, num canto do quadro *As meninas*, de Velázquez, um vulto que não estava ali antes. Uma forma vagamente humana, os contornos de um rosto. Descartaram a ideia de que fosse obra de algum vândalo sutil. A ação do tempo, quem sabe? Alguma coisa no ar? Também não. O tempo e a poluição encobrem os detalhes, não os revelam. E quando, em meio a grande polêmica nos meios artísticos, especialistas preparavam-se para levar o grande quadro a um laboratório e desvendar o mistério, o mistério aprofundou-se. O vulto desapareceu como tinha aparecido. Sem explicação.

Semanas depois, nova sensação. O vulto reapareceu numa pintura de Goya, no mesmo Museu do Prado. Desta vez, bem mais nítido. O rosto – no meio de uma multidão de camponeses – era de um homem de meia-idade, de óculos e bigode fino, com uma expressão de perplexidade, como se também não soubesse como fora parar ali. No dia seguinte, a figura não estava mais no mesmo quadro. Pulara para outro quadro de Goya. Depois para outro. Quando finalmente apareceu por trás do divã da *Maja desnuda* – agora com um meio-sorriso na cara bolachuda –, a sensação já corria mundo. Permitiram que o quadro fosse fotografado. Alguém, no Brasil, levou uma revista com a fotografia para a mulher do turista desaparecido. "Ionita, este aqui não está parecendo..."

— Mas é o Oscar! — gritou Ionita. E desmaiou.

Ionita voou para a Europa. Talvez pudesse se comunicar com o marido, de alguma maneira. Mas ele desaparecera outra vez. Alguém julgou identificar sua cara atrás de um arbusto incandescente numa pintura de Hieronymus Bosch, mas foi rebate falso. Os Goyas ele, definitivamente, não estava mais frequentando.

Ninguém encontrava uma explicação para o fato. Quer dizer, explicações apareceram várias, mas nenhuma lógica. Chegaram a dizer que aquilo era uma vingança da alta cultura europeia contra a horda de turistas em excursão que passava por ela fingindo interesse, roubando a sua alma com suas polaroides e minando suas bases com seu tropel. A cultura contra-atacava. Fizera um prisioneiro. Mas por que logo o pobre do Oscar?

— Como estava vestido seu marido quando desapareceu, senhora?

— Estava com uma camisa de bolinhas, comprada em butique. Caríssima.

— Era ele...

O rosto de Oscar não foi visto em nenhum outro quadro do Prado. Quando Ionita preparava-se para desistir e voltar de novo ao Brasil, recebeu a notícia. O rosto misterioso fora visto num museu de Amsterdam, na *Ronda noturna*, de Rembrandt. Ionita voou para lá. Não havia dúvidas. Era o Oscar. Não parecia mais perplexo. Parecia entediado.

— Oscar, fale comigo! — gritou Ionita para o quadro. — Saia daí, Oscar. Os *travellers* ficaram com você.

Nada. Oscar estava integrado na tela. Se não fosse pela camisa de butique, podia ser um membro da guarda. Dali passou para um quadro expressionista de Van Gogh ("O que estão fazendo com você, Oscar!", gritou Ionita, diante da sua cara deformada). Depois — com Ionita sempre correndo atrás — pulou para o Jeu de

Paume, em Paris. Percorreu todos os impressionistas. Ionita seguia Oscar na sua peregrinação por quadros e estilos e a imprensa seguia Ionita. Ela chegou a ficar doente quando Oscar apareceu num quadro de Picasso, em Barcelona, da fase cubista. O nariz de um lado, os dois olhos do outro, o bigode em cima, as bolinhas da camisa espalhadas por todo o quadro. Depois, Oscar desapareceu. Durante meses. Houve vigília em todos os museus da Europa. Até que um dia, chamaram Ionita no seu hotel, em Paris.

— Madame, venha depressa.

Ionita correu para o Louvre. Oscar tinha aparecido ao lado da Mona Lisa. Estava à vontade. Até passara um braço pelos ombros da moça e também sorria para o público.

— Pobre do Oscar... — suspirou Ionita, resignada. — Pelo menos parece feliz...

E preparou a polaroide.

Convenções

A classe média é uma terra estranha.

A Mirtes não se aguentou e contou para a Lurdes.

– Viram teu marido entrando num motel.

A Lurdes abriu a boca e arregalou os olhos. Ficou assim, uma estátua do espanto, durante um minuto, um minuto e meio. Depois pediu detalhes. Quando? Onde? Com quem?

– Ontem. No Discretissimu's.

– Com quem? Com quem?

– Isso eu não sei.

– Mas como? Era alta? Magra? Loira? Puxava de uma perna?

– Não sei, Lu.

– O Carlos Alberto me paga. Ah, me paga.

Quando o Carlos Alberto chegou em casa a Lurdes anunciou que iria deixá-lo. E contou o porquê.

– Mas que história é essa, Lurdes? Você sabe quem era a mulher que estava comigo no motel. Era você.

– Pois é. Maldita hora em que eu aceitei ir. Discretissimu's! Toda a cidade ficou sabendo. Ainda bem que não me identificaram.

– Pois então?

— Pois então que eu tenho que deixar você. Não vê? É o que todas as minhas amigas esperam que eu faça. Não sou mulher de ser enganada pelo marido e não reagir.

— Mas você não foi enganada. Quem estava comigo era você!

— Mas elas não sabem disso!

— Eu não acredito, Lurdes. Você vai desmanchar nosso casamento por isso? Por uma convenção?

— Vou.

Mais tarde, quando a Lurdes estava saindo de casa, com as malas, o Carlos Alberto a interceptou. Estava sombrio.

— Acabo de receber um telefonema — disse. — Era o Dico.

— O que ele queria?

— Fez mil rodeios, mas acabou me contando. Disse que, como meu amigo, tinha que contar.

— O quê?

— Você foi vista saindo do motel Discretissimu's ontem, com um homem.

— O homem era você.

— Eu sei, mas eu não fui identificado.

— Você não disse que era você?

— O quê? Para que os meus amigos pensem que eu vou a motel com a minha própria mulher?

— E então?

— Desculpe, Lurdes, mas...

— O quê?

— Vou ter que te dar um tiro.

Champignons recheados

Tinham se separado mas mantinham relações cordiais ou, como as descrevia o Marcelo, "saudavelmente hipócritas". Quando se encontravam, conversavam civilizadamente. O que era surpreendente, pois o casamento terminara com a Helena atirando uma frigideira na sua cabeça.

Foi numa dessas conversas civilizadas que a Helena, depois de hesitar e pedir para ele não estranhar o pedido, disse que iria receber umas amigas em casa para jantar na noite seguinte e perguntou se Marcelo faria os seus champignons recheados para ela servir às convidadas.

Marcelo ficou saboreando o momento, pensando nas várias respostas que poderia dar. Afinal, junto com a frigideira, ela lhe atirara a frase: "E leve as suas malditas receitas com você!". Agora estava pedindo que ele preparasse uma das suas malditas receitas. Para ganhar tempo, antes de escolher a resposta, perguntou:

— Quem são as amigas?

— São novas. Você não conhece. E então?

Marcelo sorriu. Escolhera uma resposta irônica, mas simpática.

— Vou precisar daquela frigideira. Você ainda tem?

Marcelo preparou os champignons à tarde e deixou instruções sobre como aquecê-los, na hora de servir. Como esquecera seu jogo de facas na cozinha da ex-mulher, foi buscá-lo na manhã seguinte.

Helena custou a abrir a porta, depois abriu de camisola e com cara de sono. Tinha ido dormir tarde. Marcelo entrou e viu que a mesa de jantar ainda estava posta. Para dois. Duas garrafas de vinho vazias, uma emborcada. Dois copos, dois pratos de sobremesa e um cinzeiro sujos.

— Era só uma? — perguntou Marcelo.

— Uma o quê?

— Amiga.

— Ah. É. As outras não vieram.

Marcelo examinou o cinzeiro.

— Só veio a que fumava charuto?

Helena ficou em silêncio. Marcelo fez um sinal com a cabeça na direção do quarto de dormir. Perguntou:

— Ele ainda está aqui?

— Não! Só jantou e foi embora. Eu não...

— Quem é ele?

— Você não conhece.

— Muito bem, muito bem. Então eu preparei o alimento para você dar a outro homem. Fui o fornecedor no meu próprio corneamento. Muito bem, muito bem.

— Ninguém corneou ninguém, Marcelo. E nós não estamos mais casados. Eu recebo quem eu quero e dou comida para quem eu quero!

— Os meus champignons recheados, não senhora!

— Pois quer saber de uma coisa? Ele odiou os seus champignons!

— O quê?!

— Odiou. Disse que já comeu muitos melhores e que o seu tempero está ultrapassado.

— Ah, é? Ah, é?

No fim daquela tarde, Marcelo telefonou para Helena. E pediu:

— Convida ele de novo.

— Quem?

— O cara de ontem. O que não gostou dos meus champignons.

— Eu não!

— Convida, Heleninha. Pensei em fazer meu suflê de quatro queijos. Você acha que ele é um homem de suflês?

— Eu não tenho a menor intenção de convidá-lo pra jantar outra vez.

— Pô, Heleninha. Ele merece outra chance. E eu também.

Helena cedeu. Só não aceitou o pedido do Marcelo para ficar escondido na cozinha, espiando por uma fresta o homem comer o seu suflê. Perversão, não.

Paixões

Quem entende como as pessoas se apaixonam? Pode acontecer de uma hora para outra. Você conhece uma pessoa a vida inteira e um dia nota alguma coisa, um detalhe que nunca tinha percebido antes, e pimba: amor à milésima vista. O Valter e a Nancy, por exemplo. Amigos desde o tempo de escola, o Valter conta que aconteceu num dia em que os dois vinham pela rua com uma turma, a Nancy um pouco na frente, e de repente ela levantou o cabelo por trás com as duas mãos e segurou no topo da cabeça, mas sobraram alguns fios. Aqueles fios finos e curtos que cobrem a nuca, o Valter diz que foram os cabelos da nuca. Ele foi tomado de um tamanho sentimento de carinho por aqueles fios na nuca da Nancy que chegou a parar, diz ele que para não chorar. Depois correu atrás dela e beijou a nuca, e no dia seguinte estavam namorando firme, para surpresa de amigos e familiares. Já a Nancy diz que não se apaixonou na hora, só dias mais tarde. E só quando o Valter não está perto conta como aconteceu. Se apaixonou numa festa a que foi com o Valter e na qual, quando gritaram "Todo mundo nu!", o Valter tirou um saco plástico, dobrado, do bolso. Tinha trazido um saco plástico para guardar sua roupa e a dela e evitar que se misturassem com as dos outros. Aquilo a enterneceu. "Foi o saco plástico", conta a Nancy.

Como o amor acaba é outro mistério. A Joyce e o Paquette, por exemplo. Namoraram anos, noivaram, casaram e tudo acabou numa noite. Acabou numa frase. Os dois estavam numa discoteca, sentados lado a lado, vendo os mais jovens se contorcendo na pista de dança, e o Paquette gritou:

– Viu a música que está tocando?

E a Joyce:

– O quê?!

– A música. Estão tocando a nossa música. Lembra?

– Hein?

– Estão tocando a nossa música!

– O quê?

– A música. Do nosso noivado. Lembra?

– Eu não consigo ouvir nada com essa porcaria de música!

– Esquece.

Outra paixão misteriosa é a do homem pelo seu carro. Ou não tão misteriosa. A sensação de que basta espremer um pequeno acelerador para ter vários cavalos de força sob seu comando é um dos maiores prazeres que o mundo moderno proporciona ao homem. O homem e a máquina são uma coisa só. O motor é a sua energia, o sistema elétrico são os seus nervos em perfeita sincronia, os pneus são suas garras de tigre devorando distâncias sem esforço, a gasolina é seu sangue, as prestações a pagar são seus vínculos com a realidade e com seus limites humanos.

Às vezes a identificação do dono com a máquina vai longe demais, como no caso do homem que bateu com seu carro, não se machucou, mas passou a sentir todas as dores do carro. De noite gemia como se fosse o carro. Sentia dores no lado, onde a lataria do carro amassou, uma dor no olho, correspondendo ao farol quebrado do carro.

Acordava de manhã com dores generalizadas no esqueleto, correspondendo ao abalo na estrutura do carro. Mas o pior, segundo a mulher dele contou ao médico, eram as manchas de óleo no lençol.

E há casos mais graves.

— Me apaixonei por uma Kombi, doutor.

— Sim.

— Quando não estou dentro da Kombi, só penso nela. Nas suas formas. No calor do seu estofado. No seu volante roliço em minhas mãos...

— Certo. E qual é o problema?

— Minha mulher ainda não sabe, e não sei como contar a ela. Já sei o que ela vai dizer. "Ou a Kombi, ou eu." O que eu faço, doutor?

— Acho que você deve pesar bem a situação. De que ano é a sua mulher? Ela carrega qualquer tipo de carga? E suas cadeiras, também são removíveis?

O ciúme é um problema.

— Limpando o seu carro de novo?

— Só dando um brilho.

— Mas às quatro da manhã?!

— E daí?

— Se você me desse metade da atenção que dá a esse carro...

— Ora, meu bem, que bobagem. Vem aqui, vem.

A mulher vai e ele começa a passar a flanela nas suas costas também. Sem tirar os olhos do carro.

Fora do carro, você está preparado para fazer todas as concessões em nome da cortesia e da boa convivência. Você é respeitoso, pacífico, solícito – enfim, um pedestre. Mas entre no seu carro e veja o que acontece. A civilização desaparece, a besta toma conta. Alguns racionalizam esta transformação e explicam que só agem assim em legítima defesa. Precisam se defender de palermas que querem deter a sua marcha e só estão esperando uma oportunidade para arranhar seu para-lama e roubar sua vaga. Ou seja, todos os outros motoristas. O inimigo.

Não é por nada que Sigmund Freud nunca quis ter automóvel. Sabia de todas as suas conotações simbólicas. Preferia uma charrete. Que, curiosamente, ele chamava de "mamãe".

Cantada

– Eu sei que você vai rir, mas...

– Sim?

– Por favor, não pense que é paquera.

– Não penso, não. Pode falar.

– Eu não conheço você de algum lugar?

– Pode ser...

– Nice. 1971. Saguão do Hotel Negresco. Promenade des Anglais. Quem nos apresentou foi o barão... o barão... Como é mesmo o nome dele?

– Não, não. Em 71 eu não estive em Nice.

– Pode ter sido 77. Estou quente?

– Que mês?

– Abril?

– Não.

– Agosto?

– Agosto? No forte da estação? Deus me livre.

– Claro. Eu também nunca estive em Nice em agosto. Onde é que eu estou com a cabeça?

– Não terá sido em Portofino?

— Quando?

— Outubro, 72. Eu era convidada no iate do comendador... comendador...

— Petrinelli.

— Não. Ele era comprido e branco.

— O comendador?

— Não, o iate. Tenho uma vaga lembrança de ter visto o seu rosto...

— Impossível. Há anos que eu não vou a Portofino. Desde que perdi tudo o que tinha no cassino há... Meu Deus, sete anos!

— Mas, que eu saiba, Portofino não tem cassino.

— Era um cassino clandestino na casa de verão do conde... do conde...

— Ah, sim, eu ouvi falar.

— Como era o nome do conde?

— Farci D'Amieu.

— Esse.

— Você perdeu tudo no jogo?

— Tudo. Minha salvação foi uma milionária boliviana que me adotou. Vivi durante um mês à custa do trabalho escravo nas minas de estanho. Que remorso. O caviar não passava na garganta. Felizmente minha família mandou dinheiro. Fui salvo do inferno pelo Banco do Brasil.

— Bom, se não foi em Portofino, então...

— Nova York! Tenho certeza de que foi Nova York! Você não estava no apartamento da Elizinha, no jantar para o rei da Grécia.

— Estive.

— Então está desvendado o mistério! Foi lá que nos conhecemos.

— Espere um pouquinho. Agora estou me lembrando. Não era para o rei da Grécia. Era para o rei da Turquia. Outra festa.

— A Turquia, que eu saiba, não tem rei.

— É um clandestino. Ele fundou um governo no exílio: vigésimo quarto andar do Olympic Tower. É o único apartamento de Nova York que tem cabritos pastando no tapete.

— Espere! Já sei. Matei. Saint-Moritz. Inverno de...

— Setenta e nove?

— Isso.

— Então não era eu. Estive lá em 78.

— Então foi 78.

— Não pode ter sido. Eu estava incógnita. Esquiava com uma máscara. Não falei com ninguém.

— Então era você a esquiadora mascarada! Diziam que era a Farah Diba.

— Era eu mesma.

— Meu Deus, onde foi que nos encontramos, então?

— Londres lhe diz alguma coisa?

— Londres, Londres...

— A casa de Lady Asquith, em Mayfair?

— A querida Lady Asquith. Conheço bem. Mas nunca estive na sua casa da cidade. Só na sua casa de campo.

— Em Devonshire?

— Não é Hamptonshire?

— Pode ser. Sempre confundo os *shires*.

— Se não foi em Londres, então... Onde?

— Precisamos descobrir. Hoje eu não durmo sem descobrir onde nos conhecemos.

— No meu apartamento ou no seu?

— Mmmm. Foi ótimo.

— Para mim também.

— Quer um cigarro?

— Tem Galoises? Depois de morar em Paris, não me acostumo com outro.

— Diga a verdade. Você alguma vez morou em Paris?

— Minha querida! Tenho uma suíte reservada no Plaza Athénée.

— A verdade...

— Está bem, não é uma suíte. Um quarto.

— Confesse. Era tudo mentira.

— Como é que você descobriu?

— O conde de Farci D'Amieu. Não existe. Eu inventei o nome.

— Se você sabia que eu estava mentindo, então por que...

— Porque gostei de você. Se você tivesse chegado e dito "Topas?", eu teria respondido "Topo". De onde você tirou tudo aquilo? Hotel Negresco, Saint-Moritz.

— Não perco a coluna do Zózimo. Vi você e pensei, com aquela ali a cantada é noutro nível. Agora, me diga uma coisa.

— O quê?

— Você esquiava mesmo de máscara em Saint-Moritz?

— Nunca esquiei na minha vida. Nunca saí do Brasil. Eu não conheço nem a Bahia.

— Eu sei que você vai rir, mas...

— O quê?

— Eu conheço você de algum lugar, mesmo.

— Guarapari. Há três anos. Mamãe foi fazer um tratamento de lodo. Nos conhecemos na praia.

— Mas claro! Agora me lembro. Não reconheci você sem o maiô.

— Você quer o cigarro, afinal?

— Que marca tem?

— Oliú.

— Manda.

Enquanto dure

Depois da separação veio aquele momento difícil que é o da divisão das coisas.

Tudo o que eles tinham acumulado juntos, ou trazido das suas vidas separadas para compartilharem, de repente, precisava ser reidentificado como "Meu" ou "Seu".

Mais prática, como sempre, Taís já tinha tudo organizado quando José Eduardo chegou no apartamento.

— Esta pilha aqui é das minhas coisas, essa pilha é das suas coisas, esta caixa é para as coisas que vão fora.

— Me parece justo.

— Como, "justo"? Não tem nada a ver com justiça. O que é meu é meu e o que é seu é seu. Isto não é redistribuição de renda.

— Me expressei mal. Desculpe. Não quis dizer "justo". Quis dizer "tá". De acordo.

— Se fosse uma questão de justiça, eu é que tinha que reclamar. Sua pilha é muito maior do que a minha.

— Está certo, Taís.

— O que você tinha de papel velho... Só de suplemento cultural guardado para ler depois tem mais de um metro.

— Está bem, Taís!

— Você quer a Efigênia?

Era uma pequena escultura, um busto de mulher que ele apelidara de Eugênia.

— Não, não.

— Você sempre gostou dela.

— Pode ficar.

— Alguma coisa da cozinha?

— Não.

— A mostarda?

— Não. Nada. Bom, talvez aquelas alcaparras italianas.

— Que alcaparras italianas?

— Aquele vidrinho. As alcaparras pequenininhas.

— José Eduardo, aquele vidrinho acabou há mais de um ano.

— É? Então não quero nada.

— Você quer examinar a minha pilha?

— Não precisa, eu... Espera aí. Esse Vinicius de Moraes é meu.

— É meu.

— Não senhora. Tenho certeza de que é meu.

— É meu, José Eduardo.

— Me lembro claramente de ter comprado esse livro. Lembro até a livraria.

— Eu ganhei esse livro, José Eduardo.

— De quem?

— Não me lembro.

— Arrá!

— Como, "arrá"?

— Arrá. A, erre, erre, a. Você não lembra porque não ganhou de ninguém. O livro é meu.

Taís não disse nada. Pegou o livro da pilha, irritada, e abriu na primeira página.

– Está aqui. Tem até dedicatória. "Taís. Que o nosso amor seja eterno enquanto dure. Um beijo carinhoso do..."

Ela parou. Ele perguntou:

– Quem?

Taís hesitou. Depois respondeu:

– Você.

– Eu?!

– Você me deu o livro. Vinte de outubro de 86. Nós éramos namorados.

Ele pegou o livro das mãos dela, leu a dedicatória, depois fechou o livro e recolocou na pilha. Os dois ficaram em silêncio, emocionados. Ela foi olhar pela janela, para disfarçar. Ele espiou dentro da caixa de coisas que iam fora, só para ter o que fazer.

– Taís! Meu time de botão!

– O quê?!

– Você ia botar meu time de botão no lixo!

– Francamente, José Eduardo. Estava no fundo do armário.

– Olha aqui! Olha aqui!

Ele tinha resgatado um botão de dentro da caixa e o brandia como prova acusatória.

– O Rivelino! Você ia jogar fora o Rivelino!

Na corrida

Conheceram-se na avenida Atlântica, calçada da praia. Passaram quase um ano cruzando um pelo outro, ou correndo na mesma direção, sem se falarem. Até que um dia ele tomou coragem...

— Desculpe...

— Sim?

— Esse seu macacão...

— Francês.

— Não é Adidas?

— Não, não. É uma marca que não tem aqui.

— Bacana.

— Obrigada. Eu notei os seus tênis...

— Ah. Estes me trouxeram dos Estados Unidos...

— Devem ser bons.

— São ótimos.

A todas estas, correndo lado a lado.

— Você faz a praia toda?

— Não. Princesa Isabel. Posto 4.

— Eu, Posto 4, fim do Leme.

— Quantas vezes?

– Quatro. Semana que vem, aumento para cinco.

– Eu, três.

– Ah.

No dia seguinte se cruzaram e se acenaram. E todos os dias, depois disto, nunca deixaram de trocar palavras. Rápidas, quando se cruzavam. Mais demoradas, quando acontecia de emparelharem.

– E então?

– Tudo bem.

– Quantas?

– Já estou em quatro.

– Eu em cinco.

– Boa!

Quando se aproximava dela por trás, ele ficava examinando o seu corpo. Mesmo dentro do macacão francês, era um belo corpo. Firme. Decidido. Em pouco tempo ela também chegaria a cinco.

Um dia chegaram juntos à Princesa Isabel e ele sugeriu:

– Vamos até o fim do Leme.

– Tá doido.

– Vamos lá. Coragem.

Ela foi. Foram e voltaram, lado a lado, no mesmo passo.

– Você, hein? Me desencaminhou.

Quando chegaram ao Posto 4, ela estava bufando. Ele adorava ouvi-la bufar.

Um dia pararam para conversar em frente ao Lido. Pararam, não. Continuaram correndo, mas sem sair do lugar. Os dois suados, felizes. Ela prendia o cabelo atrás, mas alguns fios se soltavam e grudavam no rosto suado. Pelos lados passavam os outros corredores. Gente de todos os tipos. Velhos conhecidos do calçadão. Uma irmandade.

– Como tem gente fazendo jogging, né? – disse ele.

– Sabe que eu não gosto dessa palavra?

— É verdade. Bobagem.

— Prefiro o português, mesmo.

— Como é o português?

— Cuper!

Separaram-se às risadas. Ele, apaixonado.

Passaram a marcar encontro, todas as manhãs às sete na frente da Paula Freitas, e a correr juntos. Até o fim do Leme. Ele pretendia aumentar para seis mas ficou nas cinco até que ela se condicionasse. E um dia, em frente ao Bolero, se beijaram. Foi difícil porque nenhum dos dois podia parar de pular, custaram um pouco até sincronizarem. Combinaram um programa para aquela noite. Os dois excitadíssimos.

Ele foi buscá-la. Ela estava esperando em frente ao prédio onde morava. Ele teve um choque. Chegou a hesitar, na esquina, antes de se aproximar.

— Oi.

— Oi.

Ela também parecia decepcionada. Pensando bem, era a primeira vez que se viam sem estar em movimento. Ela de vestido. Bem penteada. Maquiada. Enxuta.

— Você está... diferente — disse ela.

— Como assim?

— Sei lá.

Não foi um bom programa. Durante o jantar, não encontraram assunto. Acabaram falando de corrida. De corredores famosos. Ele disse que uma vez fora correr em Ipanema só para ver se encontrava o Millôr.

— E encontrou?

— Não.

— Ah.

Quando a deixou em casa, ele nem a beijou. Apertaram-se as mãos.

— Nos vemos amanhã?

— Claro!

Ele correu para a calçada da praia e já a encontrou pulando. Abraçou-a com entusiasmo. Ela também parecia contentíssima em vê-lo à luz do dia da manhã. Comentou:

— Epa! Adidas nova.

— Gostou?

— Bacana.

— Escuta, eu quero te fazer uma proposta.

— Fala.

— Hoje, vamos?

— O quê?

— Fazer seis?

— Topo!

E saíram na direção do Leme, bufando juntos.

Farsa

Quando ouviu o ruído da porta do apartamento sendo aberta a mulher soergueu-se ligeiro na cama e disse, ela realmente disse:

— Céus, meu marido!

O amante ergueu-se também, espantado, menos com o marido do que com a frase.

— O que foi que você disse?

— Eu disse "Céus, meu marido!".

— Foi o que eu pensei, mas não quis acreditar.

— Ele me disse que ia para São Paulo!

— Talvez não seja ele. Talvez seja um ladrão.

— Seria sorte demais. É ele. E vem vindo para o quarto. Rápido, esconda-se dentro do armário!

— O quê? Não. Tudo menos o armário!

— Então embaixo da cama.

— O armário é melhor.

O amante pulou da cama, pegou sua roupa de cima da cadeira e entrou no armário, pensando "isto não pode estar acontecendo". Começou a rir, descontroladamente. Até se lembrar que tinha deixado seus sapatos ao lado da cama. Ouviu a porta do quarto se abrir. E a voz do marido:

— Com quem é que você estava conversando?

— Eu? Com ninguém. Era a televisão. E você não disse que ia para São Paulo?

— Espere. Aqui no quarto não tem televisão.

— Não mude de assunto. O que é que você está fazendo em casa?

O amante começou a rir. Não podia se conter, mesmo sentindo que assim fazia o armário sacudir. Tapou a boca com a mão. Ouviu o marido perguntar:

— Que barulho é esse?

— Não interessa. Por que você não está em São Paulo?

— Não precisei ir, pronto. Estes sapatos...

O amante gelou. Mas o marido se referia aos próprios sapatos, que estavam apertados. Agora devia estar tirando os sapatos. Silêncio. O ruído da porta do banheiro sendo aberta e depois fechada. Marido no banheiro. O amante ia começar a rir outra vez quando a porta do armário se abriu subitamente e ele quase deu um berro. Era a mulher para lhe entregar seus sapatos. Ela fechou a porta do armário e se atirou de novo na cama antes que ele pudesse avisar que aqueles sapatos não eram os dele, eram os do marido. Loucura!

Porta do banheiro se abrindo. Marido de volta ao quarto. Longo silêncio. Voz do marido:

— Estes sapatos...

— O que é que tem?

— De quem são?

— Como, de quem são? São os seus. Você acabou de tirar.

— Estes sapatos nunca foram meus.

Silêncio. Mulher obviamente examinando os sapatos e dando-se conta do seu erro. O amante, ainda por cima, com falta de ar. Voz da mulher, agressiva:

— Onde foi que você arranjou estes sapatos?

— Estes sapatos não são meus, eu já disse!

— Exatamente. E de quem são? Como é que você sai de casa com um par de sapatos e chega com outro?

— Espera aí...

— Onde foi que você andou? Vamos, responda!

— Eu cheguei em casa com os mesmos sapatos que saí. Estes é que não são os meus sapatos.

— São os sapatos que você tirou. Você mesmo disse que estavam apertados. Logo, não eram os seus. Quero explicações.

— Só um momentinho. Só um momentinho!

Silêncio. Marido tentando pensar em alguma coisa para dizer. Finalmente, a voz da mulher, triunfante:

— Estou esperando.

Marido reagrupando as suas forças. Passando para o ataque.

— Tenho certeza absoluta — absoluta! — que não entrei neste quarto com estes sapatos. E olhe só, eles não podiam estar apertados porque são maiores do que o meu pé.

Outro silêncio. A mulher, friamente:

— Então só há uma explicação.

O marido:

— Qual?

— Eu estava com outro homem aqui dentro quando você chegou. Ele pulou para dentro do armário e esqueceu os sapatos.

Silêncio terrível. O amante prenderia a respiração se não precisasse de ar. A mulher continuou:

— Mas nesse caso onde é que estão os seus sapatos?

O homem, sem muita convicção:

— Você poderia ter entregue os meus sapatos para o homem dentro do armário, por engano.

— Muito bem. Agora, além de adúltera, você está me chamando de burra. Muito obrigada.

— Não sei não, não sei não. E eu ouvi vozes aqui dentro...

– Então faz o seguinte. Vai até o armário e abre a porta.

O amante sentiu que o armário sacudia. Mas agora não era o seu riso. Era o seu coração. Ouviu os pés descalços do marido aproximando-se do armário. Preparou-se para dar um pulo e sair correndo do quarto e do apartamento antes que o marido se recuperasse. Derrubaria o marido na passagem. Afinal, tinha os pés maiores. Mas a mulher falou:

– Você sabe, é claro, que no momento em que abrir essa porta estará arruinando o nosso casamento. Se não houver ninguém aí dentro, nunca conseguiremos conviver com o fato de que você pensou que havia. Será o fim.

– E se houver alguém?

– Aí será pior. Se houver um amante de cuecas dentro do armário, o nosso casamento se transformará numa farsa de terceira categoria. Em teatro barato. Não poderemos conviver com o ridículo. Também será o fim.

Depois de alguns minutos, o marido disse:

– De qualquer maneira, eu preciso abrir a porta do armário para guardar a minha roupa...

– Abra. Mas pense no que eu disse.

Lentamente, o marido abriu a porta do armário. Marido e amante se encararam. Nenhum dos dois disse nada. Depois de três ou quatro minutos o marido diss: "Com licença" e começou a pendurar sua roupa. O amante saiu lentamente de dentro do armário, também pedindo licença, e se dirigiu para a porta. Parou quando ouviu um "psiu". Disse:

– É comigo?

– É – disse o marido. – Os meus sapatos.

O amante se lembrou que estava com os sapatos errados na mão, junto com o resto da sua roupa. Colocou os sapatos do marido no chão e pegou os seus. Saiu pela porta e não se falou mais nisso.

Falando sério

Ele disse:

— Ora, reforma agrária...

Ela disse:

— Vai dizer que você é contra?

Ele tentou cair fora:

— O assunto é muito complexo.

Ela insistiu:

— Espera um pouquinho.

— Dá um beijo, vai.

— Espera. Isto é importante. Eu quero saber.

— O quê?

— A reforma agrária. Você é contra?

— Por quê? Você é a favor?

— Mas só sou.

— Você quer que o velho divida as terras dele?

— Teu pai é latifundiário?

— Tremendo lati.

— Eu não sabia!

— Tem muita coisa a meu respeito que você ainda não sabe, boneca. Vem cá que eu te mostro...

– Espera. Falando sério.

– Dá uma beijoca.

– Falando sério, pomba.

– Está bem. O que você quer saber?

– Seu pai. Quantos hectares ele tem? Ou acres? É acres ou hectares?

– E eu sei? Nunca fui lá.

– Quantos?

– Um monte.

– Mais ou menos?

– Olha, eles pegam o jipe da fazenda e, num dia, não conseguem chegar ao fim das nossas terras.

– Meu Deus do céu!

– É que o jipe quebra sempre. Dá um beijo, poxa.

– Para.

– Vem cá, mulher!

– Não vou. Olha, nunca pensei, viu?

– O quê? Que meu velho fosse fazendeiro? Como é que você pensa que eu tou pagando a faculdade? E o carro? E o apartamento? E as nossas alianças de noivado?

– Ele tem terra improdutiva?

– Tem. Exatamente a parte que ele está guardando pra me dar quando eu casar. A nossa terra, amor.

– Mas... E o seu discurso?

– Bom...

– Até eu achava radical. E olha que eu sou meio PT.

– Não vamos brigar por causa disto.

– Tudo o que você vive dizendo. Justiça social...

– Confere.

– A insensibilidade dos ricos no Brasil.

– Mantenho.

— O escândalo dos sem-terra num país deste tamanho.

— Sustento.

— Vem cá. Outra noite, aqui mesmo, neste bar, você disse que toda a propriedade é um roubo. Eu achei bacanérrimo.

— Foi uma frase que me ocorreu na hora. Mas escuta...

— E agora vem dizer que é contra a reforma agrária.

— Eu não sou contra a reforma agrária. Teoricamente, sou a favor.

— E então?

— Você não entende? Agora não é teoria. Agora são as terras do velho!

Conto supérfluo (ou Com champignon)

Esta é uma história de amor, embora algum leitor possa protestar que instintos menos nobres a dominem. Envolve uma mulher, um homem e um sentimento entre os dois. Se não quiserem chamá-lo de Amor, tanto faz. Uma rosa com outro nome teria o mesmo aroma etc. etc.

Encontraram-se em frente às sopas enlatadas. Ele examinava uma *soupe à l'oignon*, ela pegou distraidamente um creme de lagosta, bateu no braço dele e deixou cair a lata. Desculparam-se mutuamente; sorriram-se, e em pouco tempo estavam conversando. Sobre sopas, a princípio e – à medida que percorriam as prateleiras – sobre outros interesses comuns, sólidos e líquidos. Quando chegaram aos queijos, já tinham descoberto várias afinidades. A principal era um gosto pelo champignon que beirava a paixão. Os olhos dos dois brilharam quando descobriram isto. O ar se carregou de eletricidade quando seus olhos iluminados se encontraram e a conversa era sobre champignon. Se era Amor ou outra coisa, que importa?

Devo esclarecer que nem ele nem ela eram jovens. Estavam naquela idade crepuscular onde o espírito está disposto mas a carne já vacila, e o senso do ridículo intercepta o desejo para frustrar qualquer paixão além da mesa. Mas ainda havia, nos dois – como uma débil chama sob a caçarola, só o bastante para manter morno o molho, mas longe da ebulição – um saudável apetite pela vida. Ou, pelo menos, a morna memória de um apetite.

– Conheço uma receita de champignon... – disse ela, baixando os olhos como uma provocação.

Ele chegou perto para superar.

– Como são?

– Recheados.

– Mmmm.

– Só me faltam trufas para completar a receita comme il faut. Nunca encontro trufas...

Ele olhou para os lados antes de dizer no ouvido dela:

– Tenho trufas na minha casa. Da França.

– Não!

– Talvez um dia pudéssemos...

– Meus champignons recheados finalmente com trufas! É um sonho que tenho desde que...

– Desde que...?

– Desde que meu marido morreu.

Ele engoliu em seco. Estavam agora na seção de bebidas.

– Seu marido tinha trufas?

– Não. Não é isso... – Ela parecia alvoroçada. Pegou uma garrafa de Grand Marnier para disfarçar seu embaraço. – É que comecei a cozinhar depois que meu marido faleceu. Para encher o tempo. O meu grande prato é o champignon recheado. Mas nunca fiz com trufas.

– Há quantos anos você...

– Sim?

– Está sem trufas?

Ela estava rubra como um rabanete por fora.

– Doze anos.

– Curioso. Nos cinco anos desde que minha esposa faleceu, recebo trufas regularmente, de um sobrinho que mora na França. Mas, fora um ou outro molho, que a minha cozinheira invariavelmente estraga, não sei o que fazer com as minhas trufas...

Alguma coisa pairou sobre o silêncio que se fez entre os dois naquele instante. Alguma coisa ainda disforme, a sugestão da sombra da possibilidade de uma ideia. Não podiam ter certeza de que daria certo. Às vezes está tudo conforme a receita – champignon dos grandes, o recheio de queijo, a manteiga e o creme para o molho, as trufas acrescentadas ao molho antes de gratinar – e não dá certo. Mas como saber, sem provar?

Esta história tem dois finais, à escolha do leitor. Doce ou amargo, como as sutis variações da cozinha oriental. Num final ele pergunta para ela "Você quer?". E ela faz que sim com a cabeça. Então ele pergunta: "Na minha casa ou na sua?". E ela responde: "Na minha, porque eu conheço a cozinha...". No outro final, os dois se despedem, nunca mais se veem, e o espectro de uma possível *sauce* com trufas perfeitas para os champignons recheados fica vagando entre as prateleiras, por todos os tempos.

Batalha

Ninguém entendeu quando o Jorge e a Gisela voltaram da lua de mel separados e, em vez de constituírem um lar, constituíram advogados. Afinal, a não ser por alguma revelação insólita – um descobrir que o outro não era do sexo que dizia ser, ou era tarado, ou era, sei lá, um vampiro –, nada que acontece ou deixa de acontecer numa viagem de núpcias é tão terrível que não possa ser resolvido com tempo, compreensão ou terapia. E o sexo não poderia ter sido tão desastroso assim.

– Não, não – disse o Jorge. – O sexo foi ótimo. O problema foi outro.

– Qual?

– Batalha-naval.

O sexo tinha sido tão bom que Jorge e Gisela ficaram uma semana sem sair da cama. Mas o amor, como se sabe, é como marcação sob pressão no futebol. Por mais bem preparados fisicamente que estejam os jogadores, eles não podem marcar sob pressão os noventa minutos. E foi para preencher os intervalos entre o sexo que o Jorge propôs a Gisela que jogassem batalha-naval. Tinham o que era preciso no quarto, papel e lápis. Qualquer borda reta serviria como régua para fazerem os quadradinhos. Não precisavam sair da cama. E o vencedor poderia escolher a forma como se amariam, depois da batalha.

— Jota onze.

— Água. Bê quatro.

— Outro submarino.

— Viva eu!

Quem passasse pela porta do quarto dos recém-casados e ouvisse aquilo não entenderia o que acontecia lá dentro. Jorge e Gisela, nus sob os lençóis, um atirando seus mísseis imaginários sobre a frota do outro. Gisela, estranhamente, acertando mais do que Jorge. Que já tinha perdido dois submarinos e um cruzador quando finalmente acertou um disparo.

— Agá nove — cantou Jorge.

— Ih... — lamentou-se Gisela. — Parte do meu porta-aviões.

— Arrá! — gritou Jorge, triunfante.

— Ele doze — tentou Gisela.

— Água, água — disse Jorge, ansioso para terminar o serviço no porta-aviões inimigo. — Agá dez!

— Água. Dê treze...

— Água. Agá oito...

— Água. Efe dois...

— Água. Gê nove.

— Água. Ele seis.

— Água. I nove!

— Água. Ene...

— Espera um pouquinho. Como, água?

— Água. Você acertou na água.

— Você me disse que agá nove era parte do seu porta-aviões.

— E é.

— Mas eu disparei em volta do agá nove e não acertei mais nada.

— Exatamente. Só acertou água.

— E onde está o resto do seu porta-aviões?

— E eu vou dizer? Engraçadinho! Tente adivinhar.

Jorge estava de boca aberta. Quando conseguiu falar, foi com a voz de quem acaba de encontrar uma nova forma de vida e tem medo de provocá-la.

— Deixa ver se eu entendi. O seu porta-aviões não está todo no mesmo lugar...

— Claro que não! Eu divido em quatro partes, e boto uma bem longe da outra. Assim fica mais difícil de atingir.

Os amigos concordaram que seria perigoso ficar casado com uma mulher que esquartejava e espalhava o seu porta-aviões. Por melhor que fosse o sexo, era preciso pensar no resto da vida, quando os intervalos ficariam cada vez maiores. Jorge nem chegou a contar que os submarinos da Gisela não constavam do diagrama da sua frota. Segundo ela, estavam submergidos, podiam estar em qualquer lugar, nem ela saberia onde encontrá-los. Era melhor pedir o divórcio.

João Paulo Martins

– Você não é o...?

– Sou. E você é a Ana Beatriz.

– Eu não acredito!

– Tempão, né?

– Sabe que eu era apaixonada por você, na escola?

– O quê?!

– Era. Juro.

– E por que nunca disse nada?

– Tá louco? Era amor secreto. Só quem sabia era o meu diário. E a Leilinha, minha melhor amiga.

– Eu acho que lembro da Leilinha. Não era uma...

– Era. Completamente maluca. Ela vivia me dizendo: "Fala com ele, fala".

– Devia ter falado. Eu achava você linda.

– Verdade? Você nem me olhava!

– Lembro até hoje do seu cabelo comprido, repartido no meio.

– Não é possível! E você nunca...

– Nem pensar. Não podia nem sonhar que você daria bola pra mim. A Ana Beatriz? Me dar bola? Nunca!

— Veja você... Se um de nós tivesse falado alguma coisa...

— Pois é. Podia até ter pintado um... Você casou, ou coisa assim?

— Coisa assim. E você?

— Não. Quer dizer, tive aí um relacionamento que não deu certo. Quer dizer, deu durante dez anos, mas...

— Sei.

— Escuta. Você tem alguma coisa pra fazer agora?

— Não, não. Eu...

— E se a gente fosse tomar um café? Recuperar o tempo perdido?

— Vamos, uai.

— A Ana Beatriz apaixonada por mim... Veja você. Quando que eu ia pensar?

— Me lembro que enchi uma página de caderno com a minha assinatura como seria se eu casasse com você. "Ana Beatriz Martins. Ana Beatriz Martins. Ana Beatriz Martins..."

— Martins?

— O seu nome não é Martins?

— Não. É Trela.

— Você não é o João Paulo Martins?

— Não. Sou o Augusto Trela.

— Augusto Trela?!

— É. Lembra?

— Não. Tem certeza de que nós fomos colegas?

— Tenho.

— Que engraçado. Eu não... Olha: desculpe, viu?

— O que é isso? Acontece.

— Esse café. Será que a gente pode...

— Claro. Fica pra outra vez.

— Desculpe, hein? Cabeça, a minha.

— Tudo bem.

— Então... Tchau.

— Ana Beatriz...

— Ahn?

— E se eu dissesse que meu nome é Martins?

— Mas não é.

— Que diferença faz? Eu não era o João Paulo Martins na escola, mas posso ser agora.

— Como?

— Se eu não tivesse dito nada, há pouco, você nem saberia que eu não era ele.

— Mas acabaria sabendo.

— Só se você quisesse. Eu poderia ser o João Paulo Martins até quando você quisesse. Até você pedir para ver a minha identidade. E você poderia nunca pedir para ver a minha identidade. Eu ser ou não ser o João Paulo Martins seria uma decisão exclusivamente sua.

— Mas...

— Escute. Esta pode ser a nossa oportunidade para reparar um erro do passado. Eu nunca ter declarado que amava você, e você nunca ter declarado que me amava.

— Mas eu não amava você. Amava o João Paulo Martins!

— Então me faça o João Paulo Martins!

— Isso é loucura. Eu...

— Outra coisa: este João Paulo Martins é melhor do que aquele.

— Por quê?

— Aquele nem olhava para você.

— Sei não...

— Você não vê? João Paulo Martins e Ana Beatriz foram feitos um para o outro. Senão o destino não lhes teria dado esta segunda chance!

– Sim, mas...

– Só um café. Depois a gente vê o que que dá.

– Tá bom, Augusto.

– João Paulo.

A serenata

O Souza se declarava:

– Sou o último romântico do mundo!

E era mesmo um tipo em extinção. Um galanteador. As mulheres não sabiam como reagir aos rapapés do Souza. Ficavam confusas quando Souza não apenas lhes beijava as mãos como dizia: "A seus pés". Seria gozação?

Mas gostavam. Era diferente. Às vezes precisavam se controlar para não rir quando o Souza fazia uma frase rebuscada sobre a cor dos seus olhos ou comparava pescoços com torres de alabastro. Mas, que diabo, elogio é elogio, não importa o estilo. E não foram poucas as que sucumbiram ao charme antigo do Souza. Depois contavam que o Souza não queria nada, queria mesmo era namorar, ir ao cinema e depois a uma confeitaria. O Souza era esta outra coisa ultrapassada, um moço respeitador.

Laura era belíssima, e o Souza, assim que a conheceu, fez um soneto. Laura achou graça, fez um comentário qualquer – "Legal" ou "Falou" – e esqueceu. Mesmo porque não saberia o que dizer a um homem de cabelo engomado e casaco acinturado.

O Souza mandava flores para Laura. Um buquê por dia, todos

os dias, sempre acompanhado de um soneto. Escrito em tinta verde "como a minha esperança". Mas Laura nada. Trabalhava, estudava, queria se formar em psicologia, tinha mais o que fazer. Que cara chato, era a sua única reação. Até que o Souza teve uma ideia.

— Uma serenata!

Os amigos tentaram dissuadi-lo.

— Isso não se usa mais, Souza.

— Por isso mesmo. O impacto vai ser maior.

Em pouco tempo o Souza reuniu o necessário: dois violões, um cavaquinho, uma flauta e, como cantor, o Nosso, um farmacêutico. De tanto ser chamado pelos amigos de "o nosso Cauby" o farmacêutico acabara conhecido pelo apelido. Mas o que pegara fora "o nosso", não "Cauby".

Tudo pronto para a serenata. Só havia um problema. Laura morava num oitavo andar, fundos. Se fizessem a serenata na frente do edifício, acordariam todos os moradores de frente e a Laura não ouviria. E atrás do edifício passava um viaduto.

Souza e seu grupo — dois violões, um cavaquinho, uma flauta e o Nosso — foram examinar o terreno. O viaduto tinha uma vantagem. Passava à altura do quarto andar, o que os aproximaria da janela de Laura, no oitavo. Mas tinha o perigo de serem atropelados no meio da serenata.

— Que horas vai ser o troço? — perguntou o Nosso.

— Tem que ser depois da meia-noite. Senão não tem graça.

— A essa hora não tem muito tráfego. E se aparecer um carro a gente tem tempo de correr.

— Não — disse Souza. Não podia conceber a Laura vendo seus seresteiros dispersados por um ônibus no meio da segunda estrofe. Só havia uma solução: — Vamos entrar no edifício.

— Como?

— Pela porta, ora. Entramos, subimos no elevador e tocamos no corredor, em frente à porta dela.

O Nosso não gostou muito. Serenata de corredor, não parecia direito. Mas enfim, a festa era do Souza.

Encontram-se na porta do edifício, à meia-noite. Souza estranhou a bagagem do Saraiva, um dos violonistas. O que era aquilo?

— Minha guitarra é elétrica!

— Mais esta. Quero ver arranjar tomada.

A porta do edifício estava trancada. Teriam que usar o porteiro eletrônico. Até apertarem o botão certo, ouviram vários desaforos. Finalmente acertaram. A voz de sono da Laura perguntou o que era.

— Vamos lá! — gritou o Souza.

Pelo interfone, Laura ouviu o Nosso começar a cantar, depois gritos — "É a polícia... Calma lá... Nós não somos assal..." —, depois, o que pareciam ser disparos. Depois não ouviu mais nada. Voltou para a cama e disse para o namorado, um analista de sistemas, que devia ser trote.

Quando soube do que tinha acontecido, Laura se sentiu obrigada a ir visitar o Souza no hospital. A bala da polícia passara perto do pulmão. Quando viu a Laura entrar no quarto, o Souza pulou da cama, para horror dos amigos, e tropeçou no tubo do soro. Foi levado de volta à cama. A Laura pedindo desculpas. E ele, mal podendo respirar, dizendo:

— Por quem sois. Por quem sois.

Era um incorrigível.

O rival

Cláudia amava Carlos, mas não amava Carlos sobre todas as coisas. Carlos tinha um rival. Carlos um dia queixou-se para Cláudia que assim não era possível. Que se continuasse assim, era melhor pararem. Que ele não aguentava a atenção que Cláudia dava ao rival, muito maior do que a que dava a ele. Cláudia ficou de boca aberta. Que rival?

É preciso dizer que, mesmo de boca aberta, Cláudia era linda. Que Cláudia, além do rosto perfeito, tinha um corpo... não vou dizer "escultural". Depois dos gregos, "escultural" virou um adjetivo discutível. Se eu escrever "escultural", o leitor pode pensar numa escultura do Giacometti e imaginar que Cláudia era magra e comprida e derramada como uma vela de andor. Ou no Henry Moore, e pensar que Cláudia tinha um buraco no meio. Não, Cláudia tinha um corpo tão bonito quanto o rosto, e o que fazia o rosto ainda mais bonito era o cabelo loiro, o vasto cabelo que escorria copiosamente, borbotante, pelos lados do rosto, e que Cláudia estava sempre ajeitando, tocando, sacudindo, desfiando, juntando atrás e prendendo com um elástico e em seguida soltando, e sacudindo outra vez, e desviando para trás da orelha, e apalpando, e desfiando, e enrolando no topo da cabeça, e deixando cair, e cuidando no espelho, e sacudindo, e tocando, e ajeitando, e...

Era este o rival do Carlos. O cabelo da Cláudia. Cláudia amava seu cabelo mais do que amava Carlos. Cláudia amava seu cabelo sobre todas as coisas.

— Que rival, Cacá?

E Carlos desabafou. Disse tudo o que queria dizer. Confessou a Cláudia que tinha ciúmes dos seus cabelos. Sim, ela era carinhosa com ele. Chamava-o de Cacá e, nos momentos mais íntimos, de Caquinho. Sim, mordia a sua orelha, inclusive em público. Mas não lhe dava metade da atenção que dava aos cabelos.

Cláudia começou a rir.

— Que bobagem, Cacá! Ciúmes dos meus cabelos!

Mas ficou séria quando viu que Carlos estava decidido. Era melhor terminarem, disse Carlos. E disse que ela nem se dava conta do cuidado constante que dedicava ao cabelo, dos seus repetidos gestos de amor com o cabelo, do prazer sensual que obviamente tinha em manusear o cabelo, e de como isso o aborrecia. E disse:

— Viu só? Viu só?

Pois, durante todo o tempo em que Carlos despejara suas mágoas e suas queixas contra o rival, Cláudia não parara de se olhar no espelho, e apalpar o cabelo, e passar os dedos pelos seus fios, e sacudi-lo, e ajeitá-lo, e...

Dias depois de brigarem, Carlos encontrou Cláudia com o mesmo cabelo e outro namorado. Chamado Paulo Artur. Perguntou ao Paulo Artur como ele conseguia conviver com Cláudia e o seu amor pelo cabelo. "Com humildade", disse Paulo Artur. E ficaram, os dois, olhando para o cabelo que Cláudia atirava de um lado para o outro, e apalpava, e desfiava, e sacudia... Tinham que reconhecer. O cabelo era muito mais bonito e interessante do que eles.

O Mendoncinha

Estou me acostumando com a ideia de considerar
cada ato sexual como um processo em que, no mínimo,
quatro pessoas estão sempre envolvidas.
Sigmund Freud

– Tente relaxar...

– Desculpe. É que tem uma parte de mim que, entende? Fica de fora, distanciada, assistindo a tudo. Uma parte que não consegue se entregar...

– Eu entendo.

– É como se fosse uma terceira pessoa na cama.

– Certo. É o seu superego. O meu também está aqui.

– O seu também?

– Claro. Todo mundo tem um. O negócio é aprender a conviver com ele.

– Se ele ao menos fechasse os olhos!

– Calma. Eu sei como você se sente. Nestas ocasiões, sempre imagino que a minha mãe está presente.

– A sua mãe?

– É. Ela também está conosco nesta cama.

– Você se analisou?

– Estou me analisando. Pensando bem, ele também está aqui.

– Quem?

– O meu analista. Nesta cama. Meu Deus, ao lado da minha mãe!!

– Meu pai está aqui...

– Seu pai também?

– Meu superego e meu pai.

– O superego e o pai podem ser a mesma pessoa. Será que um não acumula?

– Não, não. São dois. E não param de me olhar.

– Mas sexo é uma coisa tão natural!

– Diz isso pra eles.

– Na verdade, não é mesmo? Nem nós somos só nós. Eu sou o que eu penso que sou, sou como você me vê...

– E a gente também é o que pensa que é para os outros.

– Quer dizer: cada um de nós é, na verdade, três.

– Quatro, contando com o que a gente é mesmo.

– Mas o que que a gente é *mesmo*?

– Sei lá. Eu...

– Espere um pouco. Vamos recapitular. Do seu lado tem você, aí já são no mínimo três pessoas, o seu superego, o seu pai...

– Do seu lado, vocês três, a mãe de vocês e o analista.

– E o meu superego.

– E o seu superego.

– Mais ninguém?

– O Mendoncinha.

– Quem?!

– Meu primeiro namorado. Foi com ele que...

– Espera um pouquinho. O Mendoncinha não.

– Mas...

– Bota o Mendoncinha para fora desta cama.

– Mas...

– Ou sai o Mendoncinha, ou saímos eu e a minha turma!

O primeiro homem

Apostaram. O primeiro homem que entrar por aquela porta. Depois a Helena pensou melhor. O primeiro homem, mas com algumas condições. Não podia ser conhecido delas. E não podia ser, assim, muito estranho.

– Define "estranho" – pediu a Laura.

– Estranho. Muito doido. Cabelão, argola no nariz, coisas assim.

Naquele exato momento, entrou no bar um com o cabelo espigado pintado de roxo e a Helena completou:

– Como aquele ali, por exemplo.

– E como é que você sabe que aquele ali não é um executivo excêntrico? Pode ser o melhor partido da cidade, disfarçado.

– Faça-me o favor, Laurinha.

– Está bom, cabelo roxo e argola, não.

– Sujo também não.

– Como a gente vai saber se ele é sujo ou não, daqui? Desta distância não se vê unha.

– Ah, é? Eu reconheço homem sujo de longe. Quem vê cara, vê cueca.

– Está bom. Sujo não. Que mais?

Helena fez um gesto, querendo dizer que aquelas eram as suas únicas exigências. O primeiro homem que entrasse pela porta do bar e não pertencesse a nenhuma das categorias citadas, ela...

— Olha lá — disse Laura.

O homem que entrara no bar era maduro, bem-vestido, razoavelmente bonito e parara logo após passar pela porta, como que dando tempo a Helena para examiná-lo bem.

— Laurinha do céu — disse Helena —, é ele. É ele!

— Então ataca.

— Eu vou casar com esse homem, Laura!

— Então vai.

— Já me sinto grávida. Eu já estou grávida desse homem, Laura!

— Então...

O homem acenou para uma mulher que o esperava numa mesa de fundo e dirigiu-se para lá. O homem e a mulher se beijaram.

— Não era ele... — disse Helena.

Depois entraram dois homens, mas de mãos dadas, depois um que elas já conheciam, depois um que a Helena garantiu que não trocava as meias havia uma semana, finalmente um que a Helena disse "É esse".

E atacou. A aposta era que em pouco tempo ela estaria casada com o primeiro homem que entrasse pela porta do bar. Fosse ele quem fosse, dentro dos parâmetros combinados. E Helena ganhou a aposta. Casou-se com Henrique (Riquinho), um bom homem, apesar da sua careca e de alguns hábitos que Helena só conheceria quando já estivessem casados, os mesmos hábitos que tinham provocado a briga feia dele com a namorada em frente ao bar, e a declaração da namorada de que nenhuma mulher com miolos casaria com um homem como ele, e a resposta dele: ah, é? Ah é? Pois ela ia ver. Entraria naquele bar e casaria com a primeira mulher que lhe desse bola.

Zona Norte, Zona Sul

Aconteceu o seguinte: Vânia finalmente cedeu e concordou em se encontrar com Rogério num apartamento em Copacabana. Mas insistiu na segurança absoluta. Ninguém poderia vê-la chegar ou sair do prédio. Se o seu marido descobrisse, se o seu marido sequer desconfiasse... Rogério jurou que ninguém a veria.

– A rua tem pouco movimento. O porteiro é pago por mim para não enxergar nada. Os vizinhos de um lado só estão em casa de noite. Os vizinhos do outro lado nunca aparecem. Acho até que o apartamento está vazio. Não tem perigo. Confia em mim.

Combinaram a Operação Encontro – ou a Operação Até Que Enfim, como a chamou Rogério – minuciosamente. Ela diria ao marido que iria a Copacabana fazer compras. Contando o tempo de ida e volta ao Grajaú, de ônibus, eles teriam duas horas inteiras. Das seis às oito. Ela chegaria ao prédio sozinha, de óculos escuros e lenço na cabeça, e subiria ao seu apartamento. Ele estaria esperando. Certo? Vânia ainda hesitou.

– Ai, meu Deus. O Antônio. As crianças... Se alguém descobrir.

Ninguém ia descobrir. Ninguém ia vê-la. Teriam duas horas

maravilhosas. Longe do mundo, longe dos olhos e das línguas do Grajaú. Vânia suspirou e cedeu. Seis horas, então.

Às seis horas, Vânia bateu na porta do apartamento de Rogério. Além dos óculos escuros e do lenço na cabeça, usava a gola do casaco virada para cima e uma manta tapando o nariz e a boca. Todos tinham se virado na rua para olhar aquela mulher tão agasalhada, apesar do calor, e esforçando-se para não ser notada.

Ela estava nervosa. "Ai meu Deus! Se o Antônio sabe..."

Rogério a acalmou. Levou-a para o quarto. Começaram a tirar a roupa. Nisso, ouviram um rebuliço no corredor. Gritos, correria. Vânia arregalou os olhos.

— É o Antônio!

— Não pode ser. Calma. Vou ver o que é.

Rogério já estava no meio da sala, de cuecas, quando ouviu baterem na porta. Com violência. Hesitou. Não podia ser o marido. Impossível. E aquela barulheira... Só se ele tivesse trazido todo o Grajaú com ele. Uma expedição punitiva pela honra do bairro. Vou ser linchado, pensou Rogério. Desmembrado pela classe média. Um mártir da nova moral. O primeiro santo pagão da Zona Sul... E então, entre batidas mais fortes na porta, ouviu:

— Abra! É a polícia! Abra senão arrombamos a porta!

Rogério abriu a porta. Foi jogado contra a parede por uma avalanche de homens armados de metralhadora, aos gritos. "Revistem tudo. Vejam na cozinha! Rápido!" Rogério gritou mais alto. Queria saber do que se tratava. O inspetor disse que tinham invadido o apartamento do Gatão; ao lado do seu, mas ele conseguira fugir pela área de serviço. Estava ali. E eles o pegariam. Gatão, o bandido mais procurado do Rio. Desta vez não escaparia.

Os policiais que entraram no quarto abriram a porta de um armário e encontraram Vânia, seminua e apavorada.

— Aqui está ele! — gritou um policial, exaltado, antes de se dar conta de que não era o Gatão, era uma mulher, e soltá-la.

Vânia saiu correndo do quarto. Atravessou gritando a sala sem saber se tapava o rosto ou os seios. Entrou na cozinha e caiu nos braços do Gatão.

Quando Rogério e o inspetor irromperam na cozinha atrás dela, Gatão a segurava pelas costas e tinha a ponta de uma faca encostada na sua garganta.

— Mais um passo e eu furo! Mais um passo e eu furo!

O inspetor fez um gesto para deter os policiais que entravam na cozinha. Falou:

— Certo, Gatão. Certo. Não fura a dona. Vamos conversar.

Gatão mandou todo mundo sair da cozinha. Se comunicaria com eles por intermédio de Vânia. Enfiou a cabeça de Vânia pela porta entreaberta da cozinha e mandou que dissesse que ele exigia um carro para sair dali. Senão a degolaria. Vânia gaguejou. Não conseguia falar. Rogério disse:

— Calma, Vânia. Calma. Confia em mim.

Vânia finalmente conseguiu transmitir a exigência do bandido. O inspetor mandou dizer que estava certo. Providenciaria o carro. Mas precisava de tempo. Chegaram fotógrafos e repórteres. Quando Gatão empurrou a cabeça de Vânia para fora da cozinha outra vez, já havia uma equipe da TV com câmara portátil e refletores dentro do apartamento.

— E-ele di-diz que espera cinco minutos e s-só! — disse Vânia, apertando os olhos por causa dos refletores.

O repórter da TV colocou um microfone perto da sua boca. Gatão puxou Vânia para dentro da cozinha. Os repórteres entrevistaram Rogério. Quem era a moça? "Uma amiga..." "Namorada?" "Mais ou menos."

O inspetor mandou dizer ao Gatão que o carro estava pronto. Gatão saiu da cozinha com um braço em torno da cintura nua de Vânia e com a faca no seu pescoço. Se alguém se mexesse, ele furava.

— Calma, Vânia. Calma. Confia em mim — disse Rogério.

Tinha os olhos arregalados. Gatão desceu com Vânia pela escada. A câmara da TV seguiu atrás. Na rua havia uma multidão. Um policial ia na frente afastando os curiosos.

— Para trás, senão ele fura a dona!

— É o Gatão! É o Gatão. Esse ninguém pega.

Gatão entrou com Vânia no carro. Mandou que o carro arrancasse.

No Grajaú, as crianças gritaram:

— Papai, olha a mamãe na televisão!

Em algum ponto do estado do Rio, Gatão mandou que o carro parasse. Deu ordens ao chofer para apagar os faróis, esperar quinze minutos e depois dar o fora. Senão ele furava a Vânia. Desceu com Vânia do carro e a puxou através de um matagal na escuridão.

— Eles nunca vão me pegar. Nunca. Vou desaparecer.

Quando Gatão largou o pulso de Vânia e disse que ela estava livre e que arranjasse uma maneira de voltar para casa, Vânia pensou no Antônio, pensou no Grajaú, e suplicou:

— Me leva com você! Me leva com você!

Hoje vive com Gatão em Resende e jamais o trai. Aprendeu sua lição.

Ou então: Vânia só chegou em casa no outro dia de manhã. Pronta para tudo. Pronta para morrer. Merecia tudo que o Antônio faria com ela. Na calçada, em frente à sua casa, ouviu o comentário de uma vizinha:

— Aí, hein, Vânia? Na televisão.

As crianças vieram correndo, excitadas:

— Mamãe! Você apareceu na televisão!

E atrás das crianças veio o Antônio, orgulhoso, sorridente.

— Na televisão, hein? Sim, senhora. Parecia a Letícia Spiller!

Persuasão

— Não, bem. Para.

— Querida...

— Não insista.

— Mas por que não?

— Porque não.

— Você não me ama.

— Não seja bobo. Amo sim. Eu só acho que nestas coisas a gente deve ir devagar. Dar tempo ao tempo.

— Dar tempo ao... Mas o mundo tá acabando!

— Não faça drama. Só porque eu não quero não quer dizer que o mundo vai acabar.

— Mas o mundo está acabando mesmo! Você não lê os jornais? Tá chegando ao fim. Não há mais tempo para nada.

— Exagero.

— Que exagero?! Temos que aproveitar a vida agora. Hoje. Fazer tudo, provar tudo...

— Para, eu já disse.

— Escuta aqui, e o cometa?

— Que tem o cometa?

— O cometa é um sinal. Pensa que é por acaso que o cometa taí? É um aviso. O fim não tarda. O fim pode ser amanhã mesmo!

— Me larga. Olha que eu vou embora.

— Está bem. Só me diz uma coisa. E a crise?

— Qual é a crise?

— Pois é, qual delas? Tá tudo em crise. Falta papel, carne.

— Folha de flandres.

— Folha de flandres, óleo comestível, gasolina, material de construção. Sabe como é que vamos acabar?

— Agora você ficou brabo.

— Sabe como é que nós vamos acabar? Cavando a terra atrás de mandioca. É. Você e eu brigando por uma raiz, por capim. Água também não vai ter, tá toda contaminada. E eu estou sendo otimista, porque...

— Não fica exaltado, bem.

— Porque pode estourar uma guerra a qualquer momento! Aí é que eu quero ver.

— Querido.

— E você ainda quer dar tempo ao tempo. Essa é muito boa. Acho que antes do fim do ano vai ter gente brigando de tacape por um ratão de esgoto. É. E quem ganhar come ele cru, porque nem lenha vão encontrar mais. E gente assim do nosso nível.

— Vem cá. Te acalma, puxa. Encosta aqui.

— Tempo ao tempo. Tem que ser tudo agora. Rápido. Aproveita enquanto dá.

— Está certo, você me convenceu.

— Ratão de esgoto, ouviu bem? E nem sal, que também vai faltar. Como, te convenci?

— Me convenceu. Agora eu quero. Você tem razão, temos que aproveitar a vida antes que a crise tome conta. Vamos.

— Peraí um pouquinho.

— Vem, bem. Você não queria tanto?

— Pois é, mas agora fiquei meio deprimido.

Meio poeta

No dia em que Mônica e Otávio voltaram da lua de mel, Mônica chegou na casa dos pais e se trancou no quarto com a mãe. Precisava contar uma coisa e não queria que o pai ouvisse.

– O Otávio é poeta, mamãe.

A mãe levou as mãos à boca.

– Minha Virgem santíssima!

Depois perguntou:

– Como você descobriu?

– Na primeira noite. A lua estava cheia. Ele fez umas frases sobre a luz da lua no meu corpo.

– Mas você tem certeza de que era poesia? Rimava?

– Não rimava, mas era poesia. Ele mesmo disse, mamãe! Eu perguntei "O que é isso?" e ele respondeu "Eu sou meio poeta".

– Bem que seu pai desconfiou...

– Você acha que devemos contar ao papai?

– É claro. E agora.

O pai disse "Eu sabia" e determinou que chamassem o Otávio para se explicar. Mônica disse que Otávio ficara de buscá-la ali depois do trabalho. Os três esperaram a chegada de Otávio. A mãe, temendo algum excesso do pai, tentou amenizar a situação:

— Ele disse que é só "meio" poeta...

O pai não disse nada. Quando soou a campainha da porta, mandou que a filha fosse para o quarto. Otávio cumprimentou os sogros efusivamente — era a primeira vez que os via depois da festa do casamento —, mas logo percebeu a frieza deles.

— O que foi? — perguntou.

— Você não nos contou que era poeta — disse o pai.

— Mas eu não...

— Não adianta negar. A Mônica nos contou. Você pensou que ela não nos contaria?

— Mas foi só um...

— Sei. Um poeminha. É assim que começa. Um versinho hoje, um versinho amanhã. Não demora você estará fazendo poemas épicos, odes a qualquer coisa, diariamente. Já vi acontecer: acabará abandonando o emprego, roubando a mesada da minha filha, para sustentar o hábito.

— Mas eu...

— Você vai dizer que pode parar quando quiser. É o que todos dizem.

— Meu filho — interveio a mãe, aflita —, você não se dá conta do mal que a poesia pode fazer? Há quanto tempo você...

— Não interessa — interrompeu o pai. — O que ele fez antes não nos interessa. Mas agora está casado. Tem responsabilidades, tem que trabalhar para manter a família. Está num ramo competitivo, não pode facilitar. Eu sei, eu sei. A poesia é tentadora. Eu mesmo, na mocidade, fiz meus sonetos...

— Eurico!

— Nunca lhe contei isto, Marta, mas fiz. Felizmente, tive um pai que me orientou e parei a tempo. A Mônica foi criada sem qualquer poesia. Qualquer sugestão de métrica, nós reprimíamos. E sempre a alertamos contra os poetas.

– Será – sugeriu a mãe – que não existe um programa de reabilitação? Alguém com quem você possa se aconselhar...

Mais uma vez o pai a interrompeu.

– A decisão tem que ser sua, Otávio. E tem que ser agora. Você compreende que não podemos deixar a Mônica sair desta casa, onde sempre teve toda a segurança, para viver com um poeta. Não nos dias de hoje. Faça a sua escolha. A Mônica, uma família, uma vida normal... ou a poesia.

Otávio jurou que abandonaria a poesia para sempre, a Mônica foi chamada, os dois foram para o apartamento novo, Mônica um pouco desconfiada, Otávio ouvindo a advertência, na saída: "Olhe lá, hein?".

Hoje, sempre que fala com Mônica pelo telefone, a mãe pergunta:

– E o Otávio?

– Está bem, mamãe.

– Nunca mais...

– Nunca.

Às vezes, quando a família está toda reunida, Otávio diz umas coisas que provocam troca de olhares entre os outros e a suspeita de uma recaída. Depois a Mônica assegura que aquilo não é poesia, é só o jeito dele. Mas seu Eurico e dona Marta vivem preocupados com a filha. Nas noites de lua cheia, então, dona Marta nem consegue dormir direito.

A aliança

Esta é uma história exemplar, só não está muito claro qual é o exemplo. De qualquer jeito, mantenha-a longe das crianças. Também não tem nada a ver com a crise brasileira, o apartheid, a situação na América Central ou no Oriente Médio ou a grande aventura do homem sobre a Terra. Situa-se no terreno mais baixo das pequenas aflições da classe média. Enfim. Aconteceu com um amigo meu. Fictício, claro.

Ele estava voltando para casa como fazia, com fidelidade rotineira, todos os dias à mesma hora. Um homem dos seus quarenta anos, naquela idade em que já sabe que nunca será o dono de um cassino em Samarkand, com diamantes nos dentes, mas ainda pode esperar algumas surpresas da vida, como ganhar na loto ou furar-lhe um pneu. Furou-lhe um pneu. Com dificuldade ele encostou o carro no meio-fio e preparou-se para a batalha contra o macaco, não um dos grandes macacos que o desafiavam no jângal dos seus sonhos de infância, mas o macaco do seu carro tamanho médio, que provavelmente não funcionaria, resignação e reticências... Conseguiu fazer o macaco funcionar, ergueu o carro, trocou o pneu e já estava fechando o porta-malas quando a sua aliança escorregou pelo dedo sujo de óleo e caiu no chão. Ele deu um passo para pegar a aliança do asfalto, mas sem querer a chutou. A aliança bateu na roda de um carro que passava e voou para um bueiro. Onde desapareceu diante dos seus olhos, nos quais ele custou a acreditar. Limpou as mãos o melhor que pôde, entrou no carro e seguiu para casa. Começou a pensar no que diria para a mulher. Imaginou a cena. Ele entrando em casa e respondendo às perguntas da mulher antes de ela fazê-las.

— Você não sabe o que me aconteceu!

— O quê?

— Uma coisa incrível.

— O quê?

— Contando ninguém acredita.

— Conta!

— Você não nota nada de diferente em mim? Não está faltando nada?

— Não.

— Olhe.

E ele mostraria o dedo da aliança, sem a aliança.

— O que aconteceu?

E ele contaria. Tudo, exatamente como acontecera. O macaco. O óleo. A aliança no asfalto. O chute involuntário. E a aliança voando para o bueiro e desaparecendo.

— Que coisa — diria a mulher, calmamente.

— Não é difícil de acreditar?

— Não. É perfeitamente possível.

— Pois é. Eu...

— SEU CRETINO!

— Meu bem...

— Está me achando com cara de boba? De palhaça? Eu sei o que aconteceu com essa aliança. Você tirou do dedo para namorar.

É ou não é? Para fazer um programa. Chega em casa a esta hora e ainda tem a cara de pau de inventar uma história em que só um imbecil acreditaria.

— Mas, meu bem...

— Eu sei onde está essa aliança. Perdida no tapete felpudo de algum motel. Dentro do ralo de alguma banheira redonda. Seu sem-vergonha!

E ela sairia de casa com as crianças, sem querer ouvir explicações.

Ele chegou em casa sem dizer nada. Por que o atraso? Muito trânsito. Por que essa cara? Nada, nada. E, finalmente:

— Que fim levou a sua aliança?

E ele disse:

— Tirei para namorar. Para fazer um programa. E perdi no motel. Pronto. Não tenho desculpas. Se você quiser encerrar nosso casamento agora, eu compreenderei.

Ela fez cara de choro. Depois correu para o quarto e bateu com a porta. Dez minutos depois reapareceu. Disse que aquilo significava uma crise no casamento deles, mas que eles, com bom senso, a venceriam.

— O mais importante é que você não mentiu pra mim.

E foi tratar do jantar.

O verdadeiro José

José morreu, com justeza poética, num avião da ponte aérea, a meio caminho entre São Paulo e Rio. Coração. Morreu de terno cinza e gravata escura, segurando a mesma pasta preta com que desembarcara no Santos Dumont todas as segundas-feiras, durante anos. Só que desta vez a pasta preta desembarcou sobre o seu peito, na maca, como uma lápide provisória.

— O velho Paulista... — disseram seus colegas de trabalho, no velório, lamentando a perda do companheiro tão sério, tão eficiente, tão trabalhador. Seu apelido no Rio era Paulista.

A mulher e o filho de dezoito anos mantiveram uma linha de sóbria resignação durante todo o velório. Aquele era o estilo de José. Nada de arroubos ou demonstrações de sentimento. Sobriedade. Foi ideia do filho que o enterrassem de colete.

— A verdade — cochichou um dos sócios de José na empresa — é que ele nunca se adaptou aos hábitos cariocas...

— Sempre foi um paulista desterrado — concordou alguém.

— Desterrado? — estranhou um terceiro. — Mas vivia lá e cá...

Foi nesse ponto que entraram no velório, aos prantos, uma senhora e uma moça, ambas vestindo jeans iguais e carregando as grandes bolsas de couro com que tinham viajado de São Paulo.

— Carioca! — gritou a mais velha, precipitando-se na direção do caixão. — É você, Carioca?

— Papai! — gritou a mais moça, debruçando-se sobre o solene defunto.

Consternação geral.

Dr. Lupércio, o advogado da família, conseguiu que as duas mulheres de José se reunissem em algum lugar afastado da câmara-ardente. O mais difícil foi arrancar a segunda mulher — na ordem de chegada ao velório — de cima do caixão. Em pouco tempo confirmou-se o óbvio. José tinha outra família em São Paulo. A filha tinha quinze anos. A mulher do Rio foi seca:

— A legítima sou eu.

— Meu bem... — começou a dizer a outra.

— Não me chame de seu bem. Nós nem nos conhecemos.

— Calma, calma — pediu o dr. Lupércio.

— Agora eu sei por que o Carioca nunca quis me trazer ao Rio... — disse a outra.

— O nome dele é José. Ou era, até acontecer isto — disse a primeira, não se sabendo se falava da morte ou da descoberta da segunda família.

— Lá em São Paulo toda a turma chama ele de Carioca.

— "Turma?" — estranhou a primeira. No Rio eles não tinham turma. Raramente saíam de casa. Um ou outro jantar em grupo pequeno. Concertos, às vezes. Geralmente estavam na cama antes das dez.

Na câmara-ardente, o filho de José evitava o olhar da sua meia-irmã. Os dois eram parecidos. Tinham os traços do pai. A moça, com os olhos ainda cheios de lágrimas, comentara que aquela era a primeira vez que via o pai de gravata. O filho ia dizer que não se lembrava de jamais ter visto o pai sem gravata, mas achou melhor não dizer nada. Era uma situação constrangedora.

— Pobre do papai — disse a moça, soluçando. — Sempre tão brincalhão...

O filho entendia cada vez menos.

O apelido dele, em São Paulo, era Carioca. Descia em Congonhas todas as quintas-feiras de camiseta esporte. No máximo com um pulôver sobre os ombros. Uma vez chegara até de bermudas e chinelos de dedo. Gostava de encher o apartamento de amigos, ou sair com a turma para um restaurante ou uma boate. E se alguém ameaçasse ir embora, dizendo que "amanhã é dia de trabalho", ele berrava que paulista não sabia viver, que paulista só pensava em dinheiro, que só carioca sabia gozar a vida. Com sua alegre informalidade, fazia sucesso entre os paulistas. Inclusive nos negócios, apesar do mal-estar que causava sua camisa aberta até o umbigo, em certas salas de reuniões. Todas as segundas-feiras voava para o Rio. Dizia que precisava pegar uma praia, respirar um pouco.

— Você não estranhava quando ele voltava do Rio branco daquele jeito? — perguntou a legítima.

— Ele dizia que não adiantava pegar cor na praia, ficava branco assim que pisava em Congonhas — disse a outra.

As duas sorriram.

Mais tarde, em casa, o dr. Lupércio refletiu sobre o caso.

— Um herói de dois mundos — sentenciou.

A mulher, como sempre, não estava ouvindo. O dr. Lupércio continuou:

— No Rio, era o paulista típico. Uma caricatura. Sim, é isto!

O dr. Lupércio sempre se agitava quando pegava uma tese no ar com seus dedos compridos. Era isso. No Rio, ele era uma caricatura paulista. A imagem carioca do paulista. Em São Paulo, era o contrário.

— E mais. Quando fazia o papel do paulista proverbial, no Rio, era gozação. Quando fazia o carioca em São Paulo, era estratégia de venda.

O advogado, no seu entusiasmo, apertou com força o braço da mulher, que disse "Ai, Lupércio!".

— Você não vê? Ele estava sendo cariocamente malandro quando fazia o paulista, e paulistamente utilitário quando fazia o carioca. Um gigolô do estereótipo! Uma síntese brasileira! Mas qual dos dois era o verdadeiro José?

Duas viúvas dormiam sozinhas. A do Rio sem o seu José, aquela rocha de critérios e responsabilidades em meio à inconsequência carioca. A de São Paulo sem o seu Carioca, aquele sopro de ar marinho no cinza paulista.

As duas suspiraram.

Quindins

Quando sentiu que ia morrer, o dr. Ariosto pediu para falar a sós com a mulher, dona Quiléia (Quequé).

– Senta aí, Quequé.

Ela sentou na beira da cama. Protestou, chorosa, quando o marido disse que sabia que estava no fim. Mas o dr. Ariosto a acalmou. Os dois sabiam que ele tinha pouco tempo de vida e era melhor que enfrentassem a situação sem drama. Precisava contar uma coisa à mulher. Para morrer em paz. Contou, então, que tinha outra família.

– O quê, Ariosto?!

Tinha. Pronto. Outra mulher, outros filhos, até outros netos. A dona Quiléia iria saber de qualquer maneira, pois ele incluíra a outra família no seu testamento. Mas tinha decidido contar ele mesmo. De viva, por assim dizer, voz. Para que não ficasse aquela mentira entre eles. E para que dona Quiléia fosse tolerante com a sua memória e com a outra. Promete, Quequé? Dona Quiléia chorava muito. Só pôde fazer "sim" com a cabeça. Aliviado, o dr. Ariosto deixou a cabeça cair no travesseiro. Podia morrer em paz.

Mas aconteceu o seguinte: não morreu. Teve uma melhora surpreendente, que os médicos não souberam explicar e que dona Quiléia atribui à promessa que fizera a seu santo. Em poucas semanas, estava fora da cama. Ainda precisa de cuidados, é claro. Dona Quiléia tem que regular sua alimentação, dar remédio na hora certa... Ficam os dois sentados na sala, olhando a televisão, em silêncio. Um silêncio constrangido. O dr. Ariosto arrependido de ter feito a confissão. A dona Quiléia achando que não fica bem se aproveitar de uma revelação que o homem fez, afinal, no seu leito de morte. Simplesmente não tocam no assunto. No outro dia o dr. Ariosto teve permissão do médico para sair, pela primeira vez, de casa. Arrumou-se. Pediu para chamarem um táxi.

– Quer que eu vá com você? – perguntou a mulher.

– Não precisa.

– Você demora?

– Não, não. Vou só...

Não completou a frase. Ficaram mais alguns instantes na porta, em silêncio. Depois ele disse:

– Bom. Tchau.

– Tchau.

Agora, tem uma coisa: dona Quiléia não pagou a promessa ao santo. Ainda compra quindins escondido e os come sozinha. Aliás, deu para comer quindões. Grandes, enormes, translúcidos quindões.

II

Entre amigos

Festa de aniversário

Os ingredientes são: uma porção de caos, duas de confusão e uma pobre mãe exausta – tudo misturado com um cão latindo e balões estourando.

Uma boa festa de aniversário deve ter no mínimo vinte crianças, sendo uma de colo, que chora o tempo todo, uma maior do que as outras, chamada Eurico, que bate nas menores e acabará mordida pelo cachorro, para secreta satisfação de todos; e uma de rosto angelical, olhar límpido e vestido impecável, que conseguirá sentar em cima do bolo de chocolate. Esta deve se chamar Cândida.

Boa festa de aniversário é aquela em que, depois que todos foram embora, a mãe do aniversariante examina os destroços com o mesmo olhar que Napoleão lançou sobre os campos de Waterloo depois da batalha, e fica indecisa entre chorar, fugir de casa ou rolar pelo tapete dando gargalhadas histéricas. Desiste de rolar pelo tapete porque o tapete está coberto de restos de comida.

É indispensável que no fim da festa sobre uma criança que ninguém sabe como foi parar embaixo do sofá.

– Como é seu nome, meu bem?

— Cândida.

É ela de novo. E as grandes camadas de chocolate no seu traseiro não estão ajudando o tapete.

A mãe do aniversariante decide chorar.

Melhor ainda são os pais que veem buscar as crianças e ficam para tomar uma cervejinha. A noite já vai alta, os filhos dormem nos seus colos com a boca aberta, os balões coloridos presos ao dedo de cada criança fazem um balé em câmara lenta no meio da sala, e os pais não vão embora. A mãe do aniversariante não sente mais as pernas. Apalpa um joelho, para ver se a perna ainda está lá. Fantástico: está. E então ouve, incrédula, a voz do marido:

— Carminha, traz mais uma cerveja para o dr. Ariel...

Será que o inconsciente não sabe que ela teve que correr o dia inteiro? Que encheu os balões com seus próprios pulmões? Que fez a torta de chocolate com a sua própria receita? Que por pouco não estrangulou vinte crianças com as suas próprias mãos? Boa festa de aniversário é a que acaba com a mãe do aniversariante querendo estrangular o próprio marido.

E o padrinho do aniversariante, que vem de longe especialmente para o aniversário e é ignorado pelo afilhado?

— Ora, Rodolfo, é que ele não via você há dois anos. Criança esquece depressa.

— Ele jamais gostou de mim.

— Gosta sim, Rodolfo. Ó Beto, vem cá pedir a bênção a seu padrinho.

— A bênção, padrinho.

— Agora dê um beijo nele. Pronto. E agora agradeça o presente que ele trouxe para você.

— Obrigado pelo Forte Apache.

— Viu só, Rodolfo? Você não pode se queixar do seu afilhado. Ele adora você.

— É. Só que o meu presente não foi o Forte Apache.

O padrinho ficará com a cara trágica até o fim da festa. Recusará salgadinhos e cervejas e suspirará muito. Antes de dormir, o afilhado virá correndo lhe dar um beijo espontâneo e um longo abraço. Na hora de ir embora, Rodolfo confidenciará aos compadres:

— Ele me adora.

Uma boa festa de aniversário deve ter guaraná morno e show de mágica. O mágico deve ser arranjado à última hora e não pode ser muito bom. A mãe do aniversariante deve contratar o mágico na certeza de que, depois de cantarem o "Parabéns a você", comerem a torta de chocolate e beberem o guaraná morno, as crianças não terão mais o que fazer, perderão o interesse e a festa será um fracasso. É preciso um show para entretê-las.

— Crianças, atenção! Uma surpresa para vocês!

Dona Carminha não consegue atrair a atenção das crianças. Há um grupo brincando de pegar, outro brincando de cabra-cega, um terceiro improvisando um renhido futebol com balões, e a Cândida que — com sua cara impassível de querubim — prepara-se para amarrar uma jarra caríssima no rabo do cachorro.

— Crianças! Por favor, silêncio! Parem imediatamente tudo o que estão fazendo. Para vocês não ficarem sem o que fazer, vamos apresentar um show de mágicas!

Deve ser uma luta para reunir as crianças em torno do mágico. Antes que o espetáculo acabe, as crianças estarão participando ativamente de cada truque, espiando para dentro da manga, descobrindo todos os compartimentos secretos e desmoralizando por completo o mágico, que no dia seguinte mudará de profissão. Em seguida, a mãe do aniversariante tentará organizar um calmo e instrutivo jogo de charadas, mas ninguém lhe dará bola. As crianças agora brincam de Zorro, e o Eurico, montado no cachorro, faz um rápido "Z" com um jato de coca-cola na parede da sala.

Uma boa festa de aniversário deve terminar depois da meia-noite, quando o último pai sai arrastando a última criança, e a criança, o último balão, que estoura na saída. A mãe do aniversariante deve olhar para o marido, suspirar e declarar que está morta. Que irá direto para a cama e só pensará em arrumar a casa amanhã. Ou daqui a uma semana, sei lá. E só então se lembrará:

— Meu Deus, a Cândida! Temos que levar a Cândida em casa.

Uma boa festa de aniversário deve terminar com uma criança sonolenta sendo entregue em casa com a recomendação:

— Olhe que ela está que é só chocolate.

Dezesseis chopes

A conversa já passara por todas as etapas que normalmente passa uma conversa de bar. Começara chocha, preguiçosa. O mais importante, no princípio, são os primeiros chopes. A primeira etapa vai até o terceiro chope.

Do terceiro ao quarto chope, inclusive, contam-se anedotas. Quase todos já conhecem as anedotas, mas todos riem muito. A anedota é só pretexto para rir. A mesa está ficando animada, isso é o que importa. São cinco amigos.

Eu disse que eram cinco à mesa? Pois eram cinco à mesa. Dois casados, dois solteiros e um com a mulher na praia – quer dizer, nem uma coisa nem outra. E entram na terceira etapa.

Durante o quinto e o sexto chope, discutem futebol. O que nos vai sair esse tal de Minelli? Olha, estou gostando do jeito do cara. E digo mais, o Grêmio não aguenta o roldão nesta fase do campeonato. Quer apostar? Não aguenta. Porque isto e aquilo, que venha outra rodada. E – escuta, ó chapa – pode vir também outro sanduíche aberto e mais uns queijinhos.

O sétimo chope inaugura a etapa das graves ponderações. Chega a Crise e senta na mesa. O negócio não está fácil, minha gente.

Vocês viram a história dos foguetes? Na Europa, anda terrorista com foguete dentro da mala. Em plena rua! O sujeito entra num hotel, pede um quarto, sobe, abre a mala, vai até a janela e derruba um avião. Derruba um avião assim como quem cospe na calçada!

São homens-feitos, homens de sucesso, amigos há muitos anos. Nenhum melhor do que o outro. A etapa das graves ponderações deságua, junto com o nono chope, na etapa confidencial. Pois eu ouvi dizer que quem está por trás de tudo... Agora todos gritam, as confidências reverberam pelo bar. Os cinco estão muito animados.

Um deles ameaça ir embora mas é retido à força. Outra rodada! Hoje ninguém vai pra casa. Começa a etapa inteligente. Todos dizem frases definitivas que nenhum ouve, pois cada um grita a sua ao mesmo tempo. Doze chopes. Treze. Começa uma discussão, ninguém sabe muito bem se sobre palitos ou petróleo. A discussão termina quando um deles salta da cadeira, dá um murro na mesa e berra: "E digo mais!". Faz-se silêncio. O quê? O quê? "Eu vou fazer xixi..."

Com quinze chopes começa a fase da nostalgia. Reminiscências, autorreprimendas, os podres da mesa. As grandes revelações. Eu sou uma besta... Besta sou eu. Tenho que mudar de vida. Eu também. Cada vez me arrependo mais de não ter... de não ter... sei lá! E então um deles, os olhos quase se fechando, diz:

— Sabe o que é que eu sinto, mas sinto mesmo?

Ninguém sabe.

— Sabe qual é a coisa que eu mais sinto?

— Diz qual é.

— Sabe qual é o vazio que eu mais sinto aqui?

— Diz, pô!

— É que eu nunca tive um canivete decente.

O silencio que se segue a esta revelação é mal compreendido pelo garçom, que vem ver se querem a conta. Encontra os cinco subitamente sóbrios, olhando para o centro da mesa com o ressentimento de anos. É isso, é isso. Um homem precisa de um canivete. Não de qualquer canivete, não desses que dão de brinde. Um verdadeiro canivete. Pesado, de fazer volume na mão, com muitas lâminas. Um canivete decente.

– Eu tive – diz, finalmente, um dos cinco. É uma confissão.

E os outros olham para ele como se olha para um homem completo. Ali está o melhor deles, e eles não sabiam.

Amigos

Os dois eram grandes amigos. Amigos de infância. Amigos de adolescência. Amigos de primeiras aventuras. Amigos de se verem todos os dias. Até mais ou menos os vinte e cinco anos. Aí, por uma destas coisas da vida – e como a vida tem coisas! –, passaram muitos anos sem se ver. Até que um dia...

Um dia se cruzaram na rua. Um ia numa direção, o outro na outra. Os dois se olharam, caminharam mais alguns passos e se viraram ao mesmo tempo, como se fosse coreografado. Tinham-se reconhecido.

– Eu não acredito!

– Não pode ser!

Caíram um nos braços do outro. Foi um abraço demorado e emocionado. Deram-se tanto tapas nas costas quantos tinham sido os anos de separação.

– Deixa eu te ver!

– Estamos aí.

– Mas você está careca!

– Pois é.

– E aquele bom cabelo?

— Se foi...

— Aquela cabeleira.

— Muito Gumex.

— Fazia um sucesso.

— Pois é.

— Era cabeleira pra derrubar suburbana.

— Muitas sucumbiram...

— Puxa. Deixa eu ver atrás.

Ele se virou para mostrar a careca atrás. O outro exclamou:

— Completamente careca!

— E você?

— Espera aí. O cabelo está todo aqui. Um pouco grisalho, mas firme.

— E essa barriga?

— O que é que a gente vai fazer?

— Boa vida...

— Mais ou menos...

— Uma senhora barriga.

— Nem tanto.

— Aposto que futebol, com essa barriga...

— Nunca mais.

— E você era bom, hein? Um bolão.

— O que é isso.

— Agora tá com a bola na barriga.

— Você também.

— Barriga, eu?

— Quase do tamanho da minha.

— O que é isso?

— Respeitável.

— Quem te dera um corpo como o meu.

— Mas eu estou com todo o cabelo.

— Estou vendo umas entradas aí.

— O seu só teve saída.

Ele se dobra de rir com a própria piada. O outro muda de assunto.

— Faz o quê? Vinte anos?

— Vinte e cinco. No mínimo.

— Você mudou um bocado.

— Você também.

— Você acha?

— Careca...

— De novo a careca? Mas é fixação.

— Desculpe, eu...

— Esquece a minha careca.

— Não sabia que você tinha complexo.

— Não tenho complexo. Mas não precisa ficar falando só na careca, só na careca. Eu estou falando nessa barriga indecente? Nessas rugas?

— Que rugas?

— Ora, que rugas.

— Não. Que rugas?

— Meu Deus, sua cara está que é um cotovelo.

— Espera um pouquinho...

— E essa barriga? Você não se cuida, não?

— Me cuido mais que você.

— Eu faço ginástica, meu caro. Corro todos os dias. Tenho uma saúde de cavalo.

— É. Só falta a crina.

— Pelo menos não tenho barriga.

— E isso o que é?

— Não me cutuca.

— Me diz. O que é? Enchimento?

— Não me cutuca!

— E esses óculos são pra quê? Vista cansada? Eu não uso óculos.

— É por isso que está vendo barriga onde não tem...

— Claro, claro. Vai ver você tem cabelo e eu é que não estou enxergando.

— Cabelo outra vez! Mas isso já é obsessão. Eu, se fosse você, procurava um médico.

— Vá você, que está precisando. Se bem que velhice não tem cura.

— Quem é que é velho?

— Ora, faça-me o favor...

— Velho é você.

— Você.

— Você.

— Você!

— Ruína humana.

— Ruína não.

— Ruína!

— Múmia!

— Ah, é? Ah, é?

— Cacareco! Ou será cacareca?

— Saia da minha frente!

Separaram-se, furiosos. Inimigos para o resto da vida.

Férias

– Praia! – gritou a filha.

– Serra! – gritou o filho.

– Quintal – sugeriu o pai, pensando na crise.

A mulher tinha um sonho: fazer um cruzeiro num transatlântico de luxo. Só uma vez na vida. Noites de luar no Caribe. Drinques coloridos à beira da piscina. Lugares exóticos com nomes românticos...

– Galápagos...

– Barbados...

– Falidos...

– Fal... Como, Falidos?

– É o que nós ficaríamos depois de uma viagem destas. Você sabe quanto custa?

– Você só pensa em dinheiro.

– Dinheiro, não. Cruzeiros.

– Praia, pai!

– Serra!

– Praia!

Chegaram a um acordo. Praia e serra. Uma semana de cada uma. O cruzeiro no Caribe aguardaria a improvável circunstância do papai morrer e a mamãe casar com o Chiquinho Scarpa. Tinham ouvido falar de um hotel novo numa praia ainda não desenvolvida. Preços promocionais. E a distância, segundo o pai, que calculou as probabilidades de irem e voltarem de carro sem os combustíveis aumentarem no meio do caminho, era razoável. Para a praia, portanto. Uma semana!

— Está tudo no carro?

— Está, Vilson, entra.

— Pomada contra queimaduras?

— Está.

— Repelente contra inseto?

— Está.

— Quinino? Tabletes de sal? Ataduras? Rádio, para mantermos contato com a civilização?

— Vamos lá, pai!

— Antibióticos? Lança-chamas, contra um possível ataque de formigas gigantes?

— Está tudo no carro, Vilson. Deixa de bobagem e entra.

— Arrá. Não está tudo no carro.

Faltava a Agatha Christie. O pai voltou correndo para buscar a Agatha Christie. Cinco livros. Pelos seus cálculos, eles o manteriam longe do sol, da areia e da água fria por toda a semana.

— Você vai para a praia nua?

— Eu não estou nua, pai. Estou de biquíni.

— Vou ter que aceitar sua palavra...

— Garçom, sal.

— Ahn?

— Sal. Aquela coisa branca que parece açúcar.

— Ah.

— Não é possível. Ele não sabe o que é sal.

— Calma, Vilson. O hotel é novo. Ouvi dizer que eles estão aproveitando gente do local.

— Mas o sal já deve ter chegado aqui. Já tem antena parabólica, e sal refinado é bem mais antigo.

— Ele só não ouviu o que você disse, Vilson. Olha, aí vem ele.

— Ah!, aí está. Obrigado.

— Obrigado, moço.

— Eu sabia...

— O quê?

— Ele trouxe açúcar.

— Sabe que você, desse jeito, está muito, mas muito apetitosa.

— Ai!

— Que foi?

— Não me toca aí.

— Por quê?

— Queimadura. É por isso que eu vou dormir sem roupa.

— Eu não falei? Você devia fazer como eu. Eu nunca me queimo.

— Claro que não se queima. Passa o dia inteiro dentro do hotel, lendo a Agatha Christie.

— Quando o tal general me deixa. Oh, velho chato. Só fala em doença. Sabe que eu já sei mais sobre a vesícula dele do que sobre a minha? E isso que eu convivo com a minha há anos. Vem cá, vem.

— Ai! Aí também não pode tocar. Aqui. Aqui pode.

— Aí não me interessa.

* * *

— Meu filho, eu quero que você pense numa coisa. Você sabe o que pode acontecer se você continuar indo tão longe no mar? Sabe?

— Sei, pai. Posso morrer afogado.

— Não é só isso, meu filho. Se você morrer afogado nós vamos ter que interromper o veraneio. E o hotel está pago até o fim da semana!

— Eu pedi peixe.

— O senhor pediu peixe.

— Exato. E isto não é peixe.

— É, sim senhor.

— Não, meu amigo. Isto é carne.

— É peixe.

— É carne.

— Pai...

— O quê?

— Pode ser peixe-boi.

— Vilson! Você levantou a mão pro menino!

— Desculpe. É que eu dormi mal esta noite. Os mosquitos. E sonhei com a vesícula do general. Desculpe, meu filho.

— O senhor quer trocar de prato?

— Não, não. Isto está ótimo. Bife com molho de camarão. A gente deve experimentar tudo na vida. Traga o sal, por favor.

— Ahn?

— Esquece.

— Veja que coisa fascinante é o ciclo da vida. Os mosquitos nos comem, as lagartixas comem os mosquitos, e tenho certeza de que cedo ou tarde servirão essa lagartixa no restaurante do hotel. Sem sal. O ciclo se completa. A vida segue o seu curso. É bonito isso. Chega pra cá.

— Não. Eu ainda estou queimada.

— Então você, Agatha. Venha você. Assim. Oh, sim. Deixa eu abrir as suas páginas, deixa eu acariciar, lentamente, a sua lombada. Mmmm...

— Vilson...

— O quê?

— É você fazendo cócegas no meu pé?

— AKH! É a lagartixa!

— Sabe, general, eu sempre achei que, se houver inferno, ele é um hotel de praia num dia de chuva.

— Como?

— O inferno. Deve ser um hotel de praia em dia de chuva.

— Isso é porque você não sofre da vesícula.

— Eu ainda mato o general.

— Herodes foi um grande injustiçado da história. Devia-se fazer uma campanha para reabilitá-lo. Limpar o seu nome.

— Vilson, tenha paciência. Com essa chuva as crianças têm que ficar dentro do hotel. Onde é que você vai?

— Me lembrei que estou aqui há cinco dias e ainda não fui à praia.

– Mas está chovendo.

– Certo. Se começar a parar eu volto correndo.

– Bingo!

– Papai! Você completou o cartão!

– Grande, pai!

– Qualquer jogo que requeira capacidade intelectual é comigo mesmo. Desafio qualquer um neste hotel para um burro em pé até a morte.

– Querido...

– Hum?

– Larga a Agatha.

– Você não está mais queimada?

– Estou, mas não me importo.

– Já vi tudo. É porque eu ganhei no bingo. Há algo num vencedor que atrai as mulheres. Um certo magnetismo a ni...

– Vilson...

– O quê?

– Cala a boca.

– Está tudo no carro?

– Está, Vilson. Entra.

– A prancha? As conchas? Tudo?

– Tudo, Vilson.

– A lagartixa?

– Vamos embora, pai!

* * *

— Ah, a serra! Vejam que beleza. Vocês acordarão cedo todas as manhãs e farão grandes caminhadas e depois me contarão como foi, se conseguirem me acordar. Encheremos os pulmões de ar puro e ainda levaremos um pouco para casa, dentro de isopores. Este hotel me parece bom.

— Por que você escolheu logo esse?

— Gostei do nome. Falso Bávaro. Pelo menos parece honesto.

— Vamos passear no mato. Vamos passear no mato!

— Pensei que você fosse passar os dias no hotel, lendo.

— Vocês não vão acreditar.

— O general também está aqui! Vamos passear no mato.

A mesa

Eram cinco. Reuniam-se todos os dias depois do trabalho para o chope. Há anos faziam a mesma coisa. E cada vez ficavam mais tempo na mesa do bar. Sempre o mesmo bar e sempre a mesma mesa. No começo eram dois, três chopes cada um, no máximo um tira-gosto, depois para casa, jantar. Todos tinham mulher, família, essas coisas. Mas um dia o Gordo anunciou: "Vou jantar aqui mesmo". E pediu um filé.

Os outros, aos poucos, foram aderindo. Era um sacrifício deixar a roda logo quando o papo estava ficando bom. Passaram a jantar no bar também. Depois mais dois, três chopes cada um e para casa, dormir. Até que um dia o Gordo — de novo o pioneiro — bateu na mesa e declarou:

— Pois não vou para casa.

— Como, não vai para casa?

— Não vou. Vou passar a noite aqui.

— Mas na hora de fecharem o bar, te botam na rua.

— Quero ver fecharem o bar comigo aqui dentro.

Na verdade, o dono não se animou a botar o Gordo para fora. A turma era antiga, bons fregueses. Fechou o bar, mas deixou o

Gordo na mesa. No dia seguinte, quando os outros quatro chegaram, encontraram o Gordo no mesmo lugar. Com uma pilha de bolachas de chope na sua frente.

– Você não saiu daí?

– Só pra ir no banheiro.

Em seguida o Gordo participou, com alguma solenidade, que não sairia mais do bar.

– Nunca mais?

– Nunca.

Os outros se entreolharam, o Julião foi o primeiro a falar:

– Pois eu também não!

Fizeram um pacto. Ninguém sairia mais daquela mesa. Ao diabo com mulheres, filhos, o Brasil e o resto. Só levantariam da mesa para ir ao banheiro. Passariam o resto da vida tomando chope e batendo papo.

– E em caso de guerra atômica? – perguntou um, previdente.

– Morremos aqui mesmo.

– Combinado!

E estão lá até hoje. No mesmo bar e na mesma mesa, há meses. As mulheres tentaram carregá-los para casa, sem sucesso. Os filhos foram implorar, parentes e amigos tentam dissuadi-los. Sem sucesso. Dormem ali mesmo, comem ali mesmo, se precisam de alguma coisa, cigarros ou outra camisa, mandam buscar. O dono do bar não sabe o que fazer. Como os cinco abandonaram seus empregos, provavelmente não terão dinheiro para pagar a conta. Mas é pouco provável que peçam a conta num futuro próximo. O papo está cada vez mais animado.

Tios

A primeira história de tio é do tio Paulito, que, desde que as crianças conseguiam se lembrar, almoçava na casa todos os dias, e nos domingos trazia um pacote de bala de coco. Falava pouco e era, mesmo, tão inexpressivo que só quando já tinha dezesseis anos a filha mais moça se lembrou de perguntar:

— Afinal, qual é o nosso parentesco com o tio Paulito?

— Ora, minha filha — respondeu a mãe —, ele é meu irmão! Vocês não sabiam?

Nenhum dos filhos sabia. O fato é que o tio Paulito não tinha nenhum interesse para eles. Só aparecia na casa para almoçar. Não ia nas festas. No Natal e no Ano-Novo, desaparecia. No dia do aniversário de qualquer um dos sobrinhos, chegava para o almoço com um pacote extra de bala de coco. Uma vez, é verdade, ele surpreendera a todos contando uma anedota na mesa. Mas era uma anedota boba que todo mundo já conhecia, e ainda por cima ele contava mal à beça. Ninguém riu e o tio Paulito voltou ao seu silêncio. Não sabiam o que ele fazia ou onde ia depois do almoço. Era, enfim, como um móvel da sala de jantar que todos tinham se acostumado a ver ali diariamente e sobre cujo passado e futuro ninguém perguntava.

Até que um dia a filha mais moça, que tomara um súbito interesse por política, se declarara PT e não faltava a conferência, simpósio ou manifestação, chegou em casa com a grande novidade.

– Vocês nem sabem!

– O quê, minha filha?

– Quem é que estava na conferência do Prestes.

– Quem?

– O tio Paulito!

– O quê?!

– E o Prestes foi falar com ele! Eu quase morri!

– O Luiz Carlos Prestes foi falar com o seu tio Paulito?

– Foi falar, só, não. Fez uma festa! Se abraçaram. Chamou o tio Paulito de "lutador". "Este aqui é um lutador."

– Não acredito!

A própria irmã do tio Paulito não acreditava. No dia seguinte, quando ele apareceu para almoçar, todos queriam saber. Mas como, Paulito? O Prestes?

– É – disse ele, sorrindo. E, constatando, surpreso, que a resposta não satisfizera, repetiu: – Pois é.

– Conta, titio! Como é essa história?

– Não, não – disse ele. – O que é isso? História antiga.

E estendeu o prato para o bife à milanesa.

Durante o resto do almoço o tio Paulito foi o centro da admiração de todos. Especialmente da sobrinha mais moça, que mal conseguiu comer de tão emocionada. E passou o tempo todo olhando para aquele homem, ali, mastigando o seu bife. Não era mais o tio Paulito. Agora era um mistério na mesa.

Já o tio Dedé fazia questão de contar a sua vida, e a história que mais repetia era a do filme que fizera em Hollywood. Os mais velhos já estavam cansados de ouvir a história, mas sempre aparecia alguém novo para o tio Dedé impressionar.

– O senhor fez um filme em Hollywood, seu Dedé?

– Apareço numa cena.

– Que filme era?

– Você não deve ter visto. Não é do seu tempo. O nome em inglês era ailand ovilovi.

– Como é?

– Ailand ovilovi. Acho que nunca passou no Brasil.

– Com quem era?

– Dorothy Lamour. Não é do seu tempo.

– E como foi que o senhor entrou no filme?

– Eu fazia parte de um conjunto, Los Tropicales. Tocava bongô e cantava. Isso foi lá por quarenta e poucos. Época da guerra. Mas o conjunto se desfez em Los Angeles porque a cantora, Lupe, uma cubana, descobriu que o marido dela, que tocava pistom e se chamava, sabe como? Rafael Rafael. Assim mesmo, um nome duplo. Descobriu que o Rafael Rafael estava namorando uma pequena americana, aliás um pedaço...

E lá se ia o tio Dedé com a sua história, que mudava em alguns detalhes mas era sempre a mesma, mais ou menos elaborada de acordo com o grau de interesse de quem ouvia. Com Los Tropicales desfeito o tio Dedé precisava se virar em Los Angeles e acabara contratado como figurante num filme passado nos mares do sul, mas todo filmado em Hollywood mesmo. A cena em que o tio Dedé aparecia, segundo ele, era forte. Era num bar em que a Dorothy Lamour cantava. Ela passava pela sua mesa, cantando, tirava o cigarro da sua boca e lhe dava um beijo. "Até ficamos amigos", contava o tio Dedé.

Um dia...

– Titio! O seu filme não se chama *Island of love*?

– É esse mesmo.

– Vão passar hoje na televisão!

Grande sensação. A família toda se reuniu e convidou gente para ver "o filme do tio Dedé". Que estava estranhamente quieto quando se sentou na frente da TV. O filme começou, continuou e parecia estar terminando e nada de aparecer a cena do tio Dedé.

– Quando é, tio?

– Calma.

Mas o filme terminou e a cena não apareceu. Todos se viraram para o tio Dedé, numa interrogação muda. E então ele, depois de um instante de hesitação, pulou da cadeira e bradou aos céus, indignado:

– Cortaram! Cortaram!

Povo

– Geneci...

– Senhora?

– Preciso falar com você.

– O que foi? O almoço não estava bom?

– O almoço estava ótimo. Não é isso. Precisamos conversar.

– Aqui na cozinha?

– Aqui mesmo. O seu patrão não pode ouvir.

– Sim, senhora.

– Você...

– Foi o copo que eu quebrei?

– Quer ficar quieta e me escutar?

– Sim, senhora.

– Não foi o copo. Você vai sair na escola, certo?

– Vou, sim senhora. Mas se a senhora quiser que eu venha na terça...

– Não é isso, Geneci!

– Desculpe.

– É que eu... Geneci, eu queria sair na sua escola.

– Mas...

— Ou fazer alguma coisa. Qualquer coisa. Não aguento ficar fora do Carnaval.

— Mas...

— Vocês não têm, sei lá, uma ala das patroas? Qualquer coisa.

— Se a senhora tivesse me falado antes...

— Eu sei. Agora é tarde. Para a fantasia e tudo o mais. Mas eu improviso uma baiana. Deusa grega, que é só um lençol.

— Não sei...

— Saio na bateria. Empurrando alegoria.

— Olhe que não é fácil...

— Eu sei. Mas eu quero participar. Eu até que sambo direitinho. Você nunca me viu sambar? Nos bailes do clube, por exemplo. Toca um samba e lá vou eu. Até acho que tenho um pé na cozinha. Quer dizer. Desculpe.

— Tudo bem.

— Eu também sou povo, Geneci! Quando vejo uma escola passar, fico toda arrepiada.

— Mas a senhora pode assistir.

— Mas eu quero participar, você não entende? No meio da massa. Sentir o que o povo sente. Vibrar, cantar, pular, suar.

— Olhe...

— Por que só vocês podem ser povo? Eu também tenho direito.

— Não sei...

— Se precisar pagar, eu pago.

— Não é isso. É que...

— Está bem. Olhe aqui. Não preciso nem sair na avenida. Posso costurar. Ajudar a organizar o pessoal. Ajudar no transporte. O Vectra está aí mesmo. É a emoção de participar que me interessa, entende? Poder dizer "a minha escola"... Eu teria assunto para o resto do ano. Minhas amigas ficariam loucas de inveja. Algumas iam torcer o nariz, claro. Mas eu não sou assim. Eu sou legal. Eu não sou legal com você, Geneci? Sempre tratei você de igual para igual.

– Tratou, sim senhora.

– Meu Deus, a ama de leite da minha mãe era preta!

– Sim, senhora.

– Geneci, é um favor que você me faz. Em nome da nossa velha amizade. Faço qualquer coisa pela nossa escola, Geneci.

– Bom, se a senhora está mesmo disposta...

– Qualquer coisa, Geneci.

– É que o Rudinei e a Fátima Araci não têm com quem ficar.

– Quem?

– Minhas crianças.

– Ah.

– Se a senhora pudesse ficar com eles enquanto eu desfilo...

– Certo. Bom. Vou pensar. Depois a gente vê.

– Eu posso trazer elas e...

– Já disse que vou pensar, Geneci. Sirva o cafezinho na sala.

A volta (I)

Da janela do trem o homem avista a velha cidadezinha que o viu nascer. Seus olhos se enchem de lágrimas. Trinta anos. Desce na estação — a mesma do seu tempo, não mudou nada — e respira fundo. Até o cheiro é o mesmo! Cheiro de mato e poeira. Só não tem mais cheiro de carvão porque o trem agora é elétrico. E o chefe da estação, será possível? Ainda é o mesmo. Fora a careca, os bigodes brancos, as rugas e o corpo encurvado pela idade, não mudou nada.

O homem não precisa perguntar como se chega ao centro da cidade. Vai a pé, guiando-se por suas lembranças. O centro continua como era. A praça. A igreja. A prefeitura. Até o vendedor de bilhetes na frente do Clube Comercial parece o mesmo.

— Você não tinha um cachorro?

— O Cusca? Morreu, ih, faz vinte anos.

O homem sabe que subindo a rua Quinze vai dar num cinema. O Elite. Sobe a rua Quinze. O cinema ainda existe, mas mudou de nome. Agora é o Rex. Do lado tem uma confeitaria. Ah, os doces da infância... Ele entra na confeitaria. Tudo igual. Fora o balcão de fórmica, tudo igual. Ou muito se engana ou o dono ainda é o mesmo.

— Seu Adolfo, certo?

— Lupércio.

— Errei por pouco. Estou procurando a casa onde nasci. Sei que ficava do lado de uma farmácia.

— Qual delas, a Progresso, a Tem Tudo ou a Moderna?

— Qual é a mais antiga?

— A Moderna.

— Então é essa.

— Fica na rua Voluntários da Pátria.

Claro. A velha Voluntários. Sua casa está lá, intacta. Ele sente vontade de chorar. A cor era outra. Tinham mudado a porta e provavelmente emparedado uma das janelas. Mas não havia dúvida, era a casa da sua infância. Bateu na porta. A mulher que abriu lhe parecia vagamente familiar. Seria...

— Titia?

— Puluca!

— Bem, meu nome é...

— Todos chamavam você de Puluca. Entre.

Ela lhe serviu licor. Perguntou por parentes que ele não conhecia. Ele perguntou por parentes que ela não se lembrava. Conversaram até escurecer. Então ele se levantou e disse que precisava ir embora. Não podia, infelizmente, demorar-se em Riachinho. Só viera matar a saudade. A tia parecia intrigada.

— Riachinho, Puluca?

— É, por quê?

— Você vai para Riachinho?

Ele não entendeu.

— Eu estou em Riachinho.

— Não, não. Riachinho é a próxima parada do trem. Você está em Coronel Assis.

— Então eu desci na estação errada!

Durante alguns minutos os dois ficaram se olhando em silêncio. Finalmente, a velha perguntou:

– Como é mesmo o seu nome?

Mas ele já estava na rua, atordoado. E agora? Não sabia como voltar para a estação, naquela cidade estranha.

A volta (II)

Batem na porta com insistência. A velha senhora tem dificuldade em atravessar o salão da velha casa para chegar até a porta. Quando abre a porta, dá com um homem grande, quase o dobro do seu tamanho, que sorri para ela com expectativa...

— Titia... — diz o homem.

— O quê?

— Sou eu, titia.

— Você! — exclama a velha.

Mas em seguida se dá conta que não sabe quem é.

— Quem é você?

— Não está me reconhecendo, titia?

A velha examina o homem com cuidado. Depois exclama:

— Não pode ser!

Vai recuando, espantada. Repetindo:

— Não pode ser. Não poder ser!

Depois volta e diz:

— Não pode ser mesmo. Ele já morreu. Quem é você?

— Pense, titia. Você gostava muito de mim.

— Sim?

— Eu era a coisa mais importante da sua vida. A senhora cuidava de mim, me alimentava, me dava banho...

— Sim, estou me lembrando...

— Um dia eu desapareci e nunca mais voltei. Mas estou voltando agora.

— Você voltou. Oh, Rex!

— Rex?

— Meu cachorrinho, Rex. Meu peludinho. Minha paixão. Você voltou!

— Não, titia. Eu não sou o Rex.

— Então quem é?

— Titia, prepare-se. Eu sou... o Valter!

— Não!

— Sim!

— NÃO!

— Sim, titia. Sim!

— EU NÃO CONHEÇO NINGUÉM CHAMADO VALTER!

— Seu sobrinho favorito. A senhora me criou. Tente se lembrar, titia!

— Eu nunca criei sobrinho nenhum. Principalmente chamado Valter.

— Tem certeza?

— Absoluta. Sempre morei aqui, sozinha.

— Aqui não é o número 201?

— Não. É o 2001.

— Puxa. Me enganei. Olhe, desculpe, viu?

— Tudo bem.

A velha fecha a porta. Daí a instantes, ouve outra batida. Ela abre. É o Valter.

— Escute — diz ele.

— O quê?

— A senhora nunca teve um sobrinho chamado Valter, mesmo?

— Nunca.

— E... não gostaria de ter?

— Bem...

— É que o 201 fica tão longe. E já que a senhora mora sozinha...

— Está bem — concorda a velha. — Entre.

Mas vai logo avisando:

— Banho, não.

Os moralistas

— Você pensou bem no que vai fazer, Paulo?

— Pensei. Já estou decidido. Agora não volto atrás.

— Olhe lá, hein, rapaz...

Paulo está ao mesmo tempo comovido e surpreso com os três amigos. Assim que souberam do seu divórcio iminente, correram para visitá-lo no hotel. A solidariedade lhe faz bem. Mas não entende aquela insistência deles em dissuadi-lo. Afinal, todos sabiam que ele não se acertava mais com a mulher.

— Pense um pouco mais, Paulo. Reflita. Essas decisões súbitas...

— Mas que súbitas? Estamos praticamente separados há um ano!

— Dê outra chance ao seu casamento, Paulo.

— A Margarida é uma ótima mulher.

— Espera um pouquinho. Você mesmo deixou de frequentar a nossa casa por causa da Margarida. Depois que ela chamou vocês de bêbados e expulsou todo mundo.

— E fez muito bem. Nós estávamos bêbados e tínhamos que ser expulsos.

— Outra coisa, Paulo. O divórcio. Sei lá...

– Eu não entendo mais nada. Você sempre defendeu o divórcio!

– É. Mas quando acontece com um amigo...

– Olha, Paulo. Eu não sou moralista. Mas acho a família uma coisa importantíssima. Acho que a família merece qualquer sacrifício.

– Pense nas crianças, Paulo. No trauma.

– Mas nós não temos filhos!

– Nos filhos dos outros, então. No mau exemplo.

– Mas isto é um absurdo! Vocês estão falando como se fosse o fim do mundo. Hoje, o divórcio é uma coisa comum. Não vai mudar nada.

– Como, não muda nada?

– Muda tudo!

– Você não sabe o que está dizendo, Paulo! Muda tudo.

– Muda o quê?

– Bom, para começar, você não vai poder mais frequentar as nossas casas.

– As mulheres não vão tolerar.

– O quê?!

– Fora de brincadeira. Um reprobo.

– Puxa. Eu nunca pensei que vocês...

– Pense bem, Paulo. Dê tempo ao tempo.

– Deixe para decidir depois. Passado o verão.

– Reflita, Paulo. É uma decisão seríssima. Deixe pra mais tarde.

– Está bem. Se vocês insistem...

Na saída, os três amigos conversam.

– Será que ele se convenceu?

– Acho que sim. Pelo menos vai adiar.

– E nos solteiros contra casados da praia, este ano, ainda teremos ele no gol.

– Também, a ideia dele. Largar o gol dos casados logo agora. Em cima da hora. Quando não dava mais para arranjar substituto.

– Os casados nunca terão um goleiro como ele.

– Se insistirmos bastante, ele desiste definitivamente do divórcio.

– Vai aguentar a Margarida pelo resto da vida.

– Pelo time dos casados, qualquer sacrifício serve.

– Me diz uma coisa. Como divorciado, ele podia jogar no time dos solteiros?

– Podia.

– Impensável.

– É.

– Outra coisa.

– O quê?

– Não é reprobo. É réprobo. Acento no "e".

– Mas funcionou, não funcionou?

Escalões

— Sabe quem está muito cotado para fazer parte do governo?

— Conta.

— O marido da Alba.

— Que Alba?

— Aquela baixinha. Você conheceu no cabeleireiro.

— Tenho uma vaga lembrança.

— Uma que pinta o cabelo de cobre. Fala muito barra porque ouviu na novela.

— Acho que sei quem é. Que horror.

— Pois é. Vai para Brasília.

— O marido é militar, é?

— Não, não. Área econômica. Parece coisa importante.

— Preciso investigar.

— Alô!

— Alô, Albinha? Aqui quem fala é Vivian Malheiros de Lima e Lima. Nos conhecemos no ca...

— Mas claro! Como vai?

— Muito bem. E você? Já fazendo as malas?

— Nem me fala. Uma barra.

— Os amigos podem saber para que posto vai o... o...

— O Jorge Augusto? Olha, Vivian, a coisa ainda é meio secreta. O Jorge Augusto não fala muito no assunto, em casa. Só sei que é coisa certa.

— Está me cheirando a primeiro escalão...

— A quê?

— Ministério, Albinha. E o Jorge Augusto merece.

— Não sei. Vai ser uma barra...

— O que é isso, querida? Precisamos comemorar. Vocês estão livres na sexta?

— Sexta-feira? Bem...

— Quero oferecer um jantarzinho para vocês, meu bem. Meu marido, de tanto me ouvir falar em vocês, está louco para conhecer o João Augusto.

— Jorge Augusto. Olha, acho que vai rolar. Mas depois da novela, hein?

— Nove e meia, está bem? Só nós e mais uns três ou quatro casais.

— Ótimo, Vivian.

— As minhas amigas me chamam de Vica.

— Ótimo, Vica!

— Jorge Augusto Souza Santos? Nunca ouvi falar.

— Ou Santos Souza. Por aí.

— Tem certeza de que é primeiro escalão?

— Coisa certa.

— Estranho...

— Alô, Vica? É a Alba.

— Oi, Albinha!

— Estou telefonando por uma bobagem, mas é que eu sou meio chata nessas coisas, sabe como é? O jantar na sua casa, é com que traje?

— Esportivo, Albinha, esportivíssimo. Coisa bem informal. É só para os nossos maridos se conhecerem melhor. Venham como quiserem.

— Então está bom, Vica.

— Alguma novidade sobre o posto do Jorge, Albinha?

— Ah! Parece que não é primeiro não.

— Primeiro o quê?

— Escalão.

— Mmmm.

— Segundo escalão é até melhor. Mais estável. O tráfego de influência é maior.

— Espero que você reconheça o que eu estou fazendo por você, Antônio. Ter que aguentar a tal da Alba... Aposto que ela vem ao meu jantar de tafetá.

— Alô, Vica?

— Sim, Alba.

— Sobre o jantar de amanhã, outra vez. O Jorge Augusto queria levar alguma coisa. Quem sabe um vinho...

— Não precisa nada, Alba. A bebida está incluída no preço.

— Essa é boa, Vica. Você, hein? Uma barra.

— Alguma notícia de Brasília, Alba?

— Bom, já sabemos que segundo escalão não é.

— Terceiro?

— Tem alguma coisa abaixo de terceiro, Vica?

— Tem, mas aí já é subsolo, Alba.

— Parece que é quarto escalão.

— Já sei. O cara vai ser contínuo. Você e as suas amizades, Vica.

— Minhas amizades, não senhor. Nem conheço a peça. E agora? O jantar está marcado.

— Problema seu.

— Alô, sra. Alba Santos Souza?

— Souza Santos. Sim, sou eu.

— Aqui é da parte de Vivian Malheiros de Lima e Lima. A sra. Lima e Lima lamenta, mas não poderá receber para jantar hoje, como estava combinado.

— Por quê? Algum problema?

— Hepatite.

O mundo restaurado

O pai ganha os presentes que um pai costuma ganhar. Camisas, lenços, uma gravata muito parecida com a que deu para alguém no ano passado, meias. Alguns livros, alguns vinhos. Mas fica de olho nos presentes das crianças. Com o ar condescendente de quem tem um saudável interesse nas atividades dos filhos. Mas louco de inveja.

– Meu filho. Um autorama!

– É, pai.

– Vamos armar agora mesmo!

– Agora não, pai. Amanhã, a gente arma.

– Amanhã, nada. Agora! Arreda essa papelada pra lá. Aqui na sala mesmo tem lugar.

A mãe intervém.

– Você está louco? Armar esse negócio no meio da sala, no meio da festa?! E as crianças precisam ir dormir. Foi excitação demais para um dia só.

O pai fica olhando com ressentimento o autorama que desaparece da sala embaixo do braço do guri. Pensa, vagamente, em seguir o filho e propor uma barganha. Escuta, a mãe não está nos ouvindo. Eu te dou todos os meus lenços e tu deixa eu armar o autorama aqui no teu quarto, com a porta fechada. Mas não. Os convidados, o que pensariam dele? Na certa que estaria bêbado, como no ano passado.

Ele examina o livro que ganhou do cunhado. Um do Fukuyama. O cunhado, inexplicavelmente, lhe atribui um grave interesse nos problemas contemporâneos. Vive lhe mandando recortes de jornal com trechos sublinhados e pontos de exclamação na margem. Às vezes, telefona, com recados cifrados.

— Lembra aquela nossa conversa?

— Qual?

— Veja na terceira página do *Estadão* de hoje. Um pequeno tópico no canto inferior direito. É a prova de tudo aquilo que nós discutíamos no outro dia, lembra?

— Não.

— A crise é irreversível, meu filho. Um abração.

Ele só ganha presente de homem sério. De homem preocupado com os problemas contemporâneos. Lenços brancos, camisas sóbrias, meias pretas e marrons. No ano passado, deu para um primo taciturno uma gravata cinza-escura com manchas pretas e estrias roxas, como hematomas. Com um cartão gozando a seriedade do primo. Este ano recebeu de volta a mesma gravata. Sem cartão. As pessoas, pensa, me confundem com um adulto. Vê a filha mais velha, que passa equilibrando várias caixas de presentes.

— Te desafio para uma partida de damas.

Não é uma proposta carinhosa. É um desafio mesmo. Posso derrotar qualquer criança nesta sala! Dama, moinho, bola de gude, palavra cruzada... A filha o ignora e também vai para o quarto.

Decidiram, ele e a mulher, não dar nenhuma arma de brinquedo no Natal. Nem arco e flecha. Os psicólogos não aconselham. Mas ele agora tem uma lembrança que lhe sobe até a garganta e fica atravessada: aos doze anos ganhou uma metralhadora de latão que cuspia fogo. Tinha uma manivela do lado que a gente girava e a metralhadora cuspia fogo! O cunhado senta ao seu lado, com um copo de uísque na mão. Aponta para o livro.

— Isso aí explica muita coisa. Lembra daquela minha tese?...

Mas ele não ouve mais nada. Ergue o Fukuyama até os olhos, como se mirasse uma metralhadora, e começa a girar uma manivela invisível do lado do livro. Ao mesmo tempo, com a boca imita o ruído de tiros, e descobre entusiasmado que ainda não perdeu o jeito. O cunhado fica olhando, entre surpreso e divertido, enquanto ele varre a sala com rajadas imaginárias.

Luta de classes

Não é que dona Maria de Lurdes (Malu) não entenda, é que lhe explicam mal as coisas. Por exemplo. Uma noite ela perguntou para o marido que história era aquela de luta de classes e o marido, já meio dormindo, respondeu:

— São os empregados contra nós.

No dia seguinte, dona Malu já olhou para a Ernestina, vinte anos com a família, de outro jeito.

— Que foi, dona Malu?

— Nada, nada.

No almoço, dona Malu pediu mais detalhes ao marido.

— O que é que os empregados querem?

— O quê, Malu?

— Os empregados. O que é que eles querem de nós?

O marido respirou fundo e ia começar a responder quando Ernestina entrou na sala do almoço e dona Malu o deteve com um gesto. Não na frente do inimigo.

Ernestina voltou para a cozinha. O marido de dona Malu se serviu de guisadinho, mas não chegou a levar a primeira garfada à boca.

— Pare! — gritou dona Malu, que tivera um súbito e terrível pensamento: vidro moído na comida.

— Por quê, Malu?

— Não toque nessa comida!

— Como é que eu vou almoçar sem tocar na comida?

— Vamos almoçar fora.

— Que história é essa, Malu. Logo hoje que a Ernestina fez o meu prato preferido!

— Justamente por isso. De noite eu faço guisadinho para você.

— Eu prefiro o guisadinho da Ernestina.

Mas dona Malu já começara a limpar a sua mesa. Ernestina fez cara feia quando viu o seu guisadinho voltar, intocado, para a cozinha. Em vinte anos, era a primeira vez que acontecia aquilo.

— Não gostaram, é?

— Não tenho que lhe dar satisfações.

— A senhora anda muito engraçada.

— Veja como fala.

— O que é que eu faço para o jantar?

— Nada. Pode tirar o resto do dia.

Ernestina murmurou alguma coisa, emburrada.

— Que foi? — perguntou dona Malu.

— Se a senhora não está satisfeita comigo...

— Eu? Você é que está contra nós!

— Eu, dona Malu?

— Não finja. Pelo menos tenha a hombridade de lutar de frente.

Nem Ernestina nem dona Malu sabiam o que queria dizer hombridade e ficou por isso mesmo. Ernestina também não sabia que luta era aquela, mas se dona Malu queria briga, ia ter briga. Não seria a primeira vez.

— A senhora está me despedindo?

Dona Malu pensou um pouco. Afinal, eram vinte anos. Mesmo que Ernestina tivesse, finalmente, revelado a sua duplicidade, vinte anos eram vinte anos. E seria melhor ter o inimigo dentro de casa, onde ele podia ser controlado.

– Não está despedida. Mas de agora em diante, eu faço a comida. Você só limpa a casa e lava os pratos. Não faz nem o cafezinho.

– Está bem.

Era a guerra. Ou uma trégua declarada. Passaram a conviver de cara fechada, dona Malu e Ernestina. Uma vez o marido de dona Malu foi pego em flagrante na cozinha pedindo para Ernestina fazer um dos seus pudins de laranja escondido. Foi tachado de traidor de sua classe. Dona Malu passou a cozinhar, sob o olhar crítico e, às vezes, os risos abafados, de Ernestina. E na noite em que dona Malu viu na televisão um filme de espionagem em que um agente infiltrado em território inimigo mandava mensagens de rádio para suas forças com um transmissor secreto, correu a dar uma busca no quarto de Ernestina. Não encontrou nenhum transmissor mas, por via das dúvidas, impugnou um radinho de pilha.

Fuga

– Edgar, vê lá, hein?

O Edgar era famoso pelas suas gafes. Embora as negasse.

– O que é isso? Pode deixar.

A mulher ficava em pânico. Depois, contando para os outros, ela ria. "O Edgar fez outra das deles." Mas na hora ficava em pânico.

– Edgar, por amor de Deus...

– Mas que bobagem!

– O Flores e a Noca acabaram de se reconciliar. Ela teve um romance com um violoncelista alemão, fugiu de casa, viveu um ano e meio com o alemão em Munique, mas voltou e agora eles estão juntos de novo. Não fala nem em alemão, nem em violoncelo. Por amor de Deus, Edgar!

– Pode deixar.

Na chegada, quando Flores abriu a porta, o Edgar exclamou:

– Ó, Flores! Cê sempre teve cabelo dessa cor?

– Não. Entrem, entrem. Como vão?

A caminho da sala, a mulher ainda conseguiu dar um beliscão na manga do casaco do Edgar e dizer, entre dentes:

– É pe-ru-ca.

– Que peru?

– Pe-ru-ca, Edgar!

– Ah.

Durante o jantar, tudo bem. A mulher sentiu um frio na barriga quando viu Edgar examinando o rótulo do vinho alemão. Mas o Edgar só sorriu para a anfitriã, a Noca, e comentou, sem qualquer maldade:

– Coisa muito boa, hein?

"Agora ele vai perguntar se a Noca trouxe da Alemanha, na volta", pensou a mulher, mas o Edgar ficou firme. A mulher respirou, aliviada.

Aconteceu depois do jantar, quando o Flores quis exibir seu novo laser e colocou um disco. Bach. Cordas. Se fosse um concerto de violoncelo, diria a mulher, depois, no carro, para o Edgar, ainda vá. Mas mal se ouvia o violoncelo. E no entanto o Edgar dissera:

– Eu me amarro num violoncelo.

Dissera mais:

– Sou tarado por violoncelo.

E mais:

– O que esse alemão safado faz com um violon...

– Edgar!

A mulher tinha se levantado da poltrona. O Edgar levou um susto.

– Que foi?

– Me lembrei! Eu deixei o forno aceso! Temos que voltar para casa!

– Mas...

– Agora mesmo!

No carro, ela não quis ouvir desculpas. O Edgar ainda tentou.

– Ela fugiu com o Bach? Não fugiu?

Mas a mulher não queria conversa. O Edgar ainda a matava.

Pôquer interminável

Cinco jogadores em volta de uma mesa. Muita fumaça. Toca a campainha da porta. Um dos jogadores começa a se levantar.

Jogador 1 – Onde é que você vai? Ninguém sai.

Os outros – Ninguém sai. Ninguém sai.

Jogador 2 – Bateram na porta. Eu vou abrir.

Jogador 1 – A sua mulher não pode abrir?

Jogador 2 – A minha mulher saiu de casa. Levou os filhos e foi pra casa da mãe dela.

Jogador 1 – Sua mulher abandonou você só por causa de um joguinho de pôquer?

Jogador 2 – É que nós estamos jogando há duas semanas.

Jogador 1 – E daí?

Jogador 2 – Ela disse: "Ou os seus amigos saem, ou eu saio".

Jogador 1 – Ninguém sai.

Os outros – Ninguém sai. Ninguém sai.

(A campainha toca outra vez. O dono da casa vai abrir, sob o olhar de suspeita dos outros. É um garoto. O garoto se dirige ao Jogador 1.)

Garoto – A mãe mandou perguntar se o senhor vai voltar para casa.

Jogador 1 – Quem é a sua mãe?

Garoto – Ué. A minha mãe é a sua mulher.

Jogador 1 – Ah. Aquela. Diz que agora eu não posso sair.

Os outros – Ninguém sai. Ninguém sai.

Garoto – Eu trouxe uma merenda para o senhor.

Jogador 3 – Epa. O golpe do sanduíche. Mostra!

Jogador 5 – Vê se não tem uma sequência dentro.

Jogador 1 – Não tem nada. Só mortadela.

Garoto – A mamãe também mandou pedir dinheiro.

(Todos os jogadores cobrem as suas fichas.)

Todos – Ninguém dá. Ninguém dá.

Jogador 1 – Diz pra sua mãe que eu estou com um four de ases na mão. Como ninguém vai ser louco de querer ver, esta mesa é minha e nós estamos ricos.

Jogador 4 – Se você tem four de ases então tem sete ases no baralho, porque eu tenho trinca.

Jogador 1 – Diz pra sua mãe que o cachorrão falhou.

(Toca o telefone. O dono da casa se levanta para atender.)

Jogador 3 – Mas o quê? Não se joga mais? Ninguém sai.

Os outros – Ninguém sai. Ninguém sai.

(Apesar dos protestos, o dono da casa vai atender o telefone. Volta.)

Jogador 2 – Era a mulher do Ramiro dizendo que o nenê já vai nascer.

Jogador 4 – Meu filho vai nascer. Tenho que ir lá.

Jogador 1 – Ninguém sai.

Os outros – Ninguém sai. Ninguém sai.

Jogador 4 – Mas é o meu filho.

Jogador 3 – Você vai pro batizado. Quem é que joga?

Cinco jogadores em volta de uma mesa de pôquer. A fumaça é de três semanas. Batem na porta.

Jogador 1 – Vai abrir a porta, ó mulher!

Jogador 2 – Espera aí. Você está gritando com a minha mulher. Quer sair no braço?

Todos – Ninguém sai. Ninguém sai.

Jogador 2 – Com a minha mulher, grito eu. Vai abrir a porta, ó mulher!

(Quem chega é uma senhora que se dirige a um dos jogadores.)

Senhora – Vitinho...

Jogador 3 – Mamãe...

Senhora – Há três semanas que você não sai dessa mesa, Vitinho!

Jogador 1 – Ninguém sai.

Os outros – Ninguém sai. Ninguém sai.

Senhora – Eu trouxe uma camisa pra você trocar...

Jogador 4 – Epa. Examina a camisa. O golpe da mãe é conhecido. Já vi mãe trazer camisa com sequência fechada.

(Vitinho veste a camisa depois de mostrar que não tem nada escondido. O Jogador 5 se levanta.)

Jogador 1 – Ninguém sai!

Os outros – Ninguém sai. Ninguém sai.

Jogador 5 – Mas eu vou ao banheiro.

Jogador 1 – Outra vez?

Jogador 5 – A última vez que eu fui faz dois dias!

Jogador 1 – Pois então. Ninguém sai.

Os outros – Ninguém sai. Ninguém sai.

Senhora – Vitinho, eu também trouxe um bolo.

Jogador 1 – Epa.

Os outros – Epa. Epa.

Jogador 2 – Já vi muito bolo de mãe com recheio de três valetes. (Abrem o bolo para examinar.)

Senhora – Quando é que você vai sair desse jogo, Vítor?

Jogador 1 – Ninguém sai. Só sai a mãe.

Os outros – Ninguém sai. Ninguém sai.

Jogador 2 – Vamos jogar. De quanto é o bolo?

Jogador 4 – Não dá pra ver. Tem pedaço de bolo em cima.

Jogador 1 – Agora essa. Tem bolo no bolo. Vocês estão me saindo...

Os outros – Ninguém sai. Ninguém sai.

Cinco homens em volta de uma mesa de pôquer. Não se enxerga quase nada através da fumaça de um mês.

Jogador 1 – Espera um pouquinho. Cadê meu sanduíche?

Jogador 2 – Você não tinha jogado o sanduíche?

Jogador 1 – E sanduíche é ficha?

Jogador 2 – Estava no meio da mesa e eu peguei.

Jogador 3 – Esperem. Quem ganhou a última mesa fui eu. O sanduíche é meu.

Jogador 4 – Desse jeito nós vamos ficar aqui a vida inteira.

Jogador 3 – A vida inteira eu não posso.

Jogador 2 – Só porque você está ganhando?

Jogador 3 – Em 82 vai ter a Copa do Mundo na televisão e eu vou ver.

Jogador 1 – Ninguém vai.

Os outros – Ninguém vai. Ninguém vai.

(Toca o telefone. O Jogador 3 vai atender. Volta.)

Jogador 2 – Quem era?

Jogador 3 – Minha mulher. Nossa casa está pegando fogo.

Jogador 1 – Ninguém sai.

Os outros – Ninguém sai. Ninguém sai.

(Entra uma mulher na sala. Dirige-se a um dos jogadores.)

Mulher – Preciso de dinheiro.

Todos (*Tapando as fichas*) – Ninguém dá. Ninguém dá.

Jogador 1 – Quem é que deixou essa mulher entrar?

Mulher – Como, quem é que deixou entrar? Eu moro aqui. A casa é minha. Se alguém tem que sair, são vocês.

Jogador 1 – Ninguém sai.

Os outros – Ninguém sai. Ninguém sai.

Jogador 3 – O que é isso?

Jogador 2 – É a porta. Eu vou abrir.

Jogador 1 – Epa.

Os outros – Epa. Epa.

Jogador 1 – Eu conheço o golpe da porta. Vai abrir com um par de nove e volta com um four de damas. Deixa as cartas.

(O Jogador 2 vai abrir a porta. Volta cercado por três homens.)

Jogador 2 – É a polícia.

Jogador 1 – Bota o seis no baralho que vão entrar mais três.

Jogador 3 – Não é melhor sair alguém?

Jogador 1 – Ninguém sai.

Os outros – Ninguém sai. Ninguém sai.

Para o bem do Brasil

Foi no meio de uma conversa casual. Eles e outro casal da mesma idade, fim de noite. Assunto puxa assunto, e alguém lembrou a "revolução" de 64, fazendo as aspas com os dedos. Cecília então contou que seu pai tinha se empolgado com a — aspas — revolução. Tinha até dado ouro para o bem do Brasil.

— Lembra? Aquela coleta de ouro que fizeram logo depois? Acho que era para pagar a dívida. Sei lá. E meu pai deu um anel de ouro. Veja você.

Quando o outro casal foi embora, Sérgio disse:

— Essa eu não sabia.

— O quê?

— Que seu pai tinha dado ouro para a revolução.

— Papai? Ainda bem que deu só o anel. Quis dar uma corrente de mamãe, mas ela não deixou.

— Seu pai apoiava a revolução?

— Apoiou do começo ao fim.

Cecília parou de recolher os copos. Continuou, com uma certa ternura:

— Papai era um direitista fanático. Queria passar fogo nos comunistas.

— Como é que ele deixou você casar comigo?

— Ele gostava de você. E você não era comunista, era, Sérgio?

— Não, mas ele conhecia as minhas ideias. E nunca disse nada.

— Eu pedi pra ele não discutir política com você.

Na cama, Sérgio perguntou:

— O que ele achava das minhas ideias?

Cecília, quase dormindo, disse:

— Ahn?

— Seu pai. O que ele pensava das minhas ideias políticas?

— Por que isso agora, Sérgio?

— É importante. O que ele achava?

— Achava que você era um ingênuo.

— Muito bem. Muito bem.

— Posso dormir agora?

— E você concordava com ele. Acertei? Hein? Hein?

— Sérgio, me deixa dormir?

Foi uma revolução na família. O filho que estudava nos Estados Unidos só ficou sabendo que havia "um problema" com os pais, não ficou sabendo da metade. A irmã não contou que precisou afastar os filhos da casa dos avós por um tempo porque as brigas se sucediam e as discussões eram cada vez mais violentas. Ficara sabendo do problema quando o menor, o Dido, chegara de um dia passado na casa dos avós e perguntara:

— Mãe, o que é anarcossindicalismo?

Aparentemente, a vó Cecília, depois de muito resistir, acabara reconhecendo que concordava com o pai, sim, e que a revolução viera em boa hora para salvar o Brasil do anarcossindicalismo. E o vô Sérgio gritara: "Onde é que eu vim parar? Num ninho de reacionários!". E a vó Cecília gritara: "Esquerdista de araque". E então o vô Sérgio, para total perplexidade do neto, chamara a vó Cecília de gorila.

A filha decidiu intervir. Foi almoçar com os pais. Ambiente pesadíssimo. Os dois não estavam se falando. Nunca tinham brigado antes. Por que aquilo agora?

— Alguns fatos novos vieram à luz — respondeu Sérgio, gravemente.

A filha insistiu que aquilo era uma bobagem. Conseguiu convencer o pai a esquecer o passado. Tanto que ele se acalmou e concordou com a sugestão da filha que fizessem uma viagem juntos, só ele e a mulher. Uma viagem de paz. Mas Cecília ficou em silêncio. E quando a filha perguntou se ela não achava boa a ideia da viagem, respondeu:

— Pra Cuba eu não vou.

Ao que Sérgio bateu na mesa e gritou:

— Raça de reaças!

E a briga recomeçou.

Linguicinhas

A conversa naquela mesa de bar tinha chegado ao ponto em que só há duas coisas a fazer: ou se parte para casa ou se parte para a bobagem. E ninguém parecia disposto a ir para casa.

O Cléber começou. Falou direto para o Patrulheiro, que tinha esse apelido porque quando pequeno pedira um autógrafo ao Patrulheiro Toddy. O Cléber falou apontando para o nariz do Patrulheiro.

— Você é responsável pela morte de quantas criaturas?

O Patrulheiro não piscou. Pediu esclarecimento.

— Defina "criatura".

— Criatura. O nome está dizendo. Um ser criado por Deus.

— Racional ou irracional?

— Tanto faz?

O Patrulheiro pensou.

— Vale mosquito?

— Mosquito, mosca, passarinho, réptil, gente...

— Mosquitos — disse o Patrulheiro. — Uns cento e dezessete assim por alto. Algumas moscas, também. Poucas. Ah, e uma vez esmaguei uma lagartixa.

A Norinha advertiu:

— Não queremos detalhes!

— Eu já matei uma cobra — contou o Dado.

— Eu já atropelei um cachorro — disse alguém.

— Baratas! — lembrou-se outro.

O Miranda levantou uma questão. Mandara dedetizar o apartamento. Era responsável pelas mortes causadas? O consenso foi que o Miranda agira como um general que manda suas tropas atacarem o inimigo mas não mata ninguém diretamente. Moralmente, no entanto, tinha dezenas de insetos mortos no seu currículo.

— Vocês estão esquecendo os bichos que morrem por nossa causa — disse a Norinha. — Bois, carneiros...

— Galinhas... — disse a Marta.

A Marta adorava comer galinha. Nunca pensara na morte delas. Ficou subitamente deprimida.

— Esperem um pouquinho — pediu o Patrulheiro. — Existe um esquema montado para matar esses bichos desde que o mundo é mundo. Existiria mesmo se não estivéssemos vivos, ou se fôssemos vegetarianos.

— Mas eles morrem para nos alimentar.

O Patrulheiro propôs um plebiscito. Quantos se sentiam responsáveis pela morte do bicho cuja carne fora usada naquelas linguicinhas? Três disseram que não se sentiam responsáveis, dois disseram que não tinham certeza, uma (a Marta) disse que se sentia responsável sim, um disse que se sentia desobrigado de votar porque não comera a linguicinha e o Cléber perguntou de que bicho era mesmo a carne da linguiça, concluindo que era melhor não saberem. Pediram outra rodada de chope, mas o pedido de mais linguicinha foi vetado pela Marta.

O Patrulheiro então propôs o teste do botão. Pediu que todos imaginassem um botão no centro da mesa. Quem apertasse o botão estaria matando cem pessoas no Tibete, mas ganharia a sena acumulada.

O Miranda quis detalhes. As pessoas, no Tibete, cairiam fulminadas ou seriam vítimas, por exemplo, de uma avalanche? O Cléber perdeu a paciência com o Miranda. Que diferença fazia? A Marta perguntou se os mortos incluiriam pessoas de todas as idades, se não poderiam ser só velhos ou bandidos e se não dava para não ser no Tibete, país com o qual ela simpatizava por causa do Dalai Lama e do Richard Gere, e sim na China, que afinal já tinha tanta gente? O Cléber olhou para o céu, pedindo piedade, o Patrulheiro argumentou que aquilo era um assunto sério e a confusão que se seguiu só foi interrompida quando o Dado levantou-se bruscamente, inclinou-se sobre a mesa e, com um gesto decidido, apertou o botão imaginário. Depois sentou-se e olhou em volta. Todos olhavam para ele, espantados.

– O quê? – disse o Dado, desafiador.

– Pô, Dado... – disse a Marta.

– Está feito – disse o Dado.

Fez-se um silêncio cheio de tibetanos mortos e ressentimento.

Depois, quando o Dado e a Marta foram para casa, todos concordaram que a cena do botão não tivera nada a ver com a responsabilidade moral de cada um. Alguma coisa não ia bem com o casal. Ah, não ia. A Norinha inclusive lembrou um detalhe da noite que só agora fazia sentido. Toda vez que a Marta falava, o Dado revirava os olhos.

Carpaccio

Cláudio e Luiza, Antônio e Marina eram amigos há muito tempo, mas um casal nunca tinha jantado na casa do outro, apesar dos repetidos avisos de Luiza de que Cláudio era muito bom na cozinha. Ficavam naquela:

– Temos que combinar um jantar!

E o jantar nunca saía. Até que um dia saiu. E durante muito tempo depois, cada um se referiria ao jantar da mesma maneira, sem combinar. Como "O Desastre".

Começou bem. Depois dos drinques, foram para a mesa e o Cláudio desapareceu na cozinha. A Luiza gritou:

– Precisa de ajuda, amor?

E o Cláudio, em off:

– Não!

– Deve ser bom ter um marido assim – disse Marina. – O Antônio só entra na cozinha por engano.

– Às vezes confundo com o banheiro – confirmou Antônio. – Faço xixi na pia, é um horror.

– O Cláudio, se está na cozinha, está feliz. Este jantar ele vem planejando há uma semana. Olha aí, imprimiu até um cardápio no computador.

Antônio leu o papel que estava ao lado do seu prato.

— *Carpacciô de poisson à l'huile d'olive aux herbes*. Puxa, só de dizer isso, já estou alimentado.

— E isso é só para começar — disse Marina, lendo também. — Depois tem, como é mesmo? *Côte de veau, purée aux pommes de terre persillée*.

— Não entendi nada e já gostei.

A cabeça de Cláudio apareceu na porta que dava para a cozinha.

— Uma fanfarra. Quero uma fanfarra!

Todos na mesa obedeceram, mais ou menos em uníssono.

— Tá-tarará.

Cláudio entrou carregando uma bandeja. Anunciou:

— A entrada. *Les entrées froides*. Aplausos só no final, por favor.

— Que beleza — disse Antônio, olhando o prato posto à sua frente com desconfiança. — Sabe o que isto parece? Vocês vão me chamar de louco. Mas parece peixe cru.

— É peixe cru, Antônio — disse Marina com uma certa impaciência. — Carpaccio de peixe.

— Certo. Claro. Peixe cru. E isto aqui deve ser a cólera. Ah, não, são as ervas. Muito bem. Coragem. Vamos lá.

Cláudio estava tirando uma garrafa de vinho do balde que colocara ao lado da sua cadeira.

— O vinho, pessoal. Um interessante branco do sul, algo frutuoso, um pouco reticente, mas digno.

— Mmmm — disse Marina, comendo o peixe. — Maravilha, Cláudio. Luiza, quanto você quer por esse marido? Dou o meu e mais uma quantia em dinheiro.

— Nada disso — disse Antônio. — *Eu* vou casar com o Cláudio.

Luiza:

— Essa eu queria ver.

— Seríamos o casal perfeito, hein, Cláudio? Você também lava camisas?

— E o sexo? Como seria o sexo entre vocês? — quis saber Marina.

— Quem precisa de sexo quando pode ter peixe cru todas as noites? — respondeu Antônio.

— Pensando bem — disse Luiza —, sexo com o Cláudio se parece um pouco com carpaccio.

Fez-se um silêncio e ficou aquele clima na mesa. Até que a Marina riu e falou:

— Vai dizer que vocês usam azeite, alcaparras e queijo ralado na cama?!

— Já se interessou, não é, bem? — disse Antônio. — Variedade é com você.

Novo silêncio. Depois Marina, séria:

— Desenvolve, Antônio.

— É o que eu ouço dizer por aí.

— Olha aqui, Antônio...

— Um brinde, gente — interrompeu Cláudio, levantando seu copo.

— À amizade.

Marina levantou o seu copo e disse:

— À lealdade!

— Eu sabia — disse Antônio — que cedo ou tarde você ia botar a Cecilinha na conversa.

— Eu falei em Cecilinha? Alguém aqui falou em Cecilinha?

— Gente... — tentou Cláudio.

Mas Antônio estava de pé, erguendo seu copo dramaticamente.

— À lealdade, sim! À lealdade a mim mesmo e aos meus sentimentos. À paixão, à juventude e à vida!

— Cretino! — gritou Marina, atirando o vinho na cara de Antônio e correndo para a sala, com a Luiza atrás.

Antônio se desculpou com Cláudio, disse que o peixe cru estava ótimo, mas ele não podia mais ficar ali.

— Mas ainda falta a vitela. O rocambole.

Marina também se desculpou, recusou a ajuda de Luiza e disse que chegaria em casa sozinha, e saiu, apesar do pedido de Cláudio:

— Experimenta ao menos o rocambole!

Mais tarde, Cláudio disse a Luiza:

— Aquilo que você falou sobre sexo comigo ser parecido com carpaccio...

— Que que tem?

— Desenvolve.

Os quatro nunca mais se viram, a não ser para tratar dos papéis.

Olímpicos

Havia, na turma do pôquer, um certo ressentimento com as Olimpíadas. O assunto nem teria surgido se marcas redondas deixadas pelos copos no pano verde não tivessem formado, por acaso, um desenho parecido com o do símbolo olímpico.

– Olimpíadas... – disse um.

– Hmrnf – comentou outro.

– Hein?

– Eu disse "hmrnf".

– Ah. Com esse charuto na boca não se entende nada do que você diz.

– Quer dar as cartas?

– Dou cartas.

– Três.

– Esse não tem nada. Você: quantas?

A fumaça dos charutos pairava sobre a mesa como uma maldição. Há quatro horas que os cinco aspiravam e expiravam o mesmo ar; que não melhorava nada com o uso prolongado.

– Olimpíadas... – tentou de novo o primeiro.

– Hmrnf – repetiu o segundo, chuliando as cartas a poucos milímetros da ponta do charuto.

— Eu acho bonito — disse um terceiro.

Todos o olharam com um certo espanto.

— O quê?

— Sei lá. Aquela rapaziada saudável. O congraçamento entre as nações...

Murmúrios de desaprovação em volta da mesa. Pouco entusiasmo pela saúde. Menos ainda pelo congraçamento universal. Alguém tentou salvar alguma coisa:

— Da natação eu gosto...

— Só de olhar me dá angina — tossiu outro.

— Alguém pode me explicar o nado borboleta?

— É assim, ó. Só que dentro d'água.

— Eu sei como é, pô. Mas pra que que serve?

— Como, pra que serve? Pra andar na água.

— Mas num naufrágio, por exemplo. Você vai sair nadando borboleta?

— Eu não vou sair de jeito nenhum. Vou afundar com a mesa de jogo, pra não me pegarem as fichas.

— Vamo jogá, vamo jogá!

— Esse tem trinca...

O jogo continua. Mas o assunto não morre.

— Devia ter pôquer nas Olimpíadas. Em vez de arco e flecha devia ter pôquer.

— Não pode.

— Por quê?

— É jogo de azar.

— Se me perguntarem eu confirmo tudo. Há quatro horas que não me vem um jogo. Bico.

— Eu vou. Duzentos.

— Eu pago. Já pensaram, a delegação de pôquer?

— Seus duzentos e mais duzentos.

– Eu ia desfilar de charuto e um copo na mão. Será que pegava mal? Estou fora.

– Quem é que disse que é jogo de azar? Requer destreza, resistência e caráter. Mau caráter, mas caráter. O objetivo do jogo é aterrorizar o inimigo. Teus quatrocentos e mais quatrocentos.

– Eu fujo.

– Uma seleção de pôquer... Alguns conceitos olímpicos teriam que ser revisados. Estou fora.

– "*Mens sana in corpore* assim, assim." Eu também.

– Pago teus quatrocentos!

– Enfim, um homem.

– Está aqui o meu jogo.

– Jogão. Leva.

– Falem mal da minha trinca agora.

– Trinca de noves levando tudo... Oh, jogo. Nenhum de nós chegaria à seleção de pôquer.

– Ainda bem. Só ter que participar daquela inauguração...

– Espera aí. Aquilo eu gosto.

– O quê?!

– Você não gosta nem de revoada de pombos?

Falou o que tinha tido azar a noite toda:

– Tenho horror a revoada de pombos.

Depois de alguma hesitação, os outros concordaram. Revoada de pombos também não dava para aguentar.

– Dá as cartas, dá as cartas.

Paulão

Todos tinham entre quarenta e cinquenta anos, aquela faixa de idade em que o homem subitamente descobre a própria mortalidade. Para entrar na Academia do Paulão, todos tinham passado pelo mesmo ritual. O Paulão dava um soco no ombro do novato e gritava, com seu jeito expansivo de ex-remador do Flamengo:

– Te conheço!

O novato massageava o ombro, meio sem graça, e dizia:

– Não estou me lembrando...

– Nunca nos vimos antes, mas sei tudo sobre você e sua barriga. Você passa o dia inteiro sentado. Só anda de carro. Em casa, fica atirado na frente da televisão, comendo porcaria. Bebe demais. Fuma. Agora que passou dos quarenta, decidiu tomar jeito. Por isso veio ao Paulão. Estou certo ou estou errado?

– Está certo.

Paulão dava uma gargalhada e outro soco no ombro do novo inscrito, que naquela noite não conseguiria mover os braços. Mas dormiria feliz, porque o sofrimento já começara. E se estava doendo era porque estava fazendo bem.

Paulão não dava folga às suas turmas de ginástica.

— Vamos lá, seus moles! Estão pensando que isto aqui é o que? Aula de expressão corporal? Mexam esses traseiros!

O próprio Paulão, com mais de cinquenta anos, não tinha gordura e conservava seu corpo de atleta. Com a camiseta esticada sobre o tórax estufado, caminhava entre as suas vítimas, sem parar de falar.

— Cada centímetro a mais na cintura é um ano a menos de vida.

E, dando um soco na própria barriga:

— Olhem aqui. Uma tábua.

O grupo olhava para Paulão com um misto de ódio e adoração. Paulão os estava redimindo pelo martírio. Purgava, gota a gota, cada gole de chope indevido, cada garfada de fritura, cada excesso cometido no passado. Paulão os estava salvando da morte.

As ginásticas eram feitas no ritmo de uma ladainha macabra.

— Cigarro! — gritava Paulão.

E o grupo tinha que gritar:

— Mata!

— Gordura!

— Mata!

— Indolência!

— Mata!

— Bebida!

— Mata!

Um dia Paulão não apareceu na academia, que ficou fechada. No bar ao lado ninguém sabia do Paulão ou da recepcionista, a dona Neiva. O que teria acontecido? Ninguém sabia. Pela cabeça de todos passou a mesma coisa:

— Mulher!

— Mata!

Mas em seguida chegou a dona Neiva com os olhos injetados e a informação. O Paulão tinha morrido naquela madrugada. Coração. Ficou todo mundo paralisado em volta da notícia, estátuas de boca aberta. O Paulão?

Aos poucos foram se dispersando. Um grupo de quatro ou cinco ficou por ali, em estado de choque, e quase sem sentir foi derivando para o bar. Alinharam-se contra o balcão. Um pediu uma cerveja. Dali a pouco um pediu um bolinho de bacalhau. Outro pediu batatinhas. E alguém, tomado de uma súbita fúria contra o inevitável, bateu no balcão e pediu: "Bacon!". O assunto, claro, era o Paulão, e o refrão era: "Quem diria". E teve um momento em que todos ficaram em silêncio, mastigando e olhando para nada, pensando: "Que merda".

A espada

Uma família de classe média alta. Pai, mulher, um filho de sete anos. É a noite do dia em que o filho fez sete anos. A mãe recolhe os detritos da festa. O pai ajuda o filho a guardar os presentes que ganhou dos amigos. Nota que o filho está quieto e sério, mas pensa: "É o cansaço". Afinal ele passou o dia correndo de um lado para outro, comendo cachorro-quente e sorvete, brincando com os convidados por dentro e por fora da casa. Tem que estar cansado.

– Quanto presente, hein, filho?

– É.

– E esta espada. Mas que beleza. Esta eu não tinha visto.

– Pai...

– E como pesa! Parece uma espada de verdade. É de metal mesmo. Quem foi que deu?

– Era sobre isso que eu queria falar com você.

O pai estranha a seriedade do filho. Nunca o viu assim. Nunca viu nenhum garoto de sete anos sério assim. Solene assim. Coisa estranha... O filho tira a espada da mão do pai. Diz:

– Pai, eu sou Thunder Boy.

– Thunder Boy?

— Garoto Trovão.

— Muito bem, meu filho. Agora vamos pra cama.

— Espere. Essa espada. Estava escrito. Eu a receberia quando fizesse sete anos.

O pai se controla para não rir. Pelo menos a leitura de história em quadrinhos está ajudando a gramática do guri. "Eu a receberia..." O guri continua.

— Hoje ela veio. É um sinal. Devo assumir meu destino. A espada passa a um novo Thunder Boy a cada geração. Tem sido assim desde que ela caiu do céu, no vale sagrado de Bem Tael, há sete mil anos, e foi empunhada por Ramil, o primeiro Garoto Trovão.

O pai está impressionado. Não reconhece a voz do filho. E a gravidade do seu olhar. Está decidido. Vai cortar as histórias em quadrinhos por uns tempos.

— Certo, filho. Mas agora vamos...

— Vou ter que sair de casa. Quero que você explique à mamãe. Vai ser duro para ela. Conto com você para apoiá-la. Diga que estava escrito. Era o meu destino.

— Nós nunca mais vamos ver você? — pergunta o pai, resolvendo entrar no jogo do filho enquanto o encaminha, sutilmente, para a cama.

— Claro que sim. A espada do Thunder Boy está a serviço do bem e da justiça. Enquanto vocês forem pessoas boas e justas poderão contar com a minha ajuda.

— Ainda bem — diz o pai.

E não diz mais nada. Porque vê o filho dirigir-se para a janela do seu quarto, e erguer a espada como uma cruz, e gritar para os céus "Ramil!". E ouve um trovão que faz estremecer a casa. E vê a espada iluminar-se e ficar azul. E o seu filho também. O pai encontra a mulher na sala. Ela diz:

— Viu só? Trovoada. Vá entender esse tempo.

– Quem foi que deu a espada pra ele?
– Não foi você? Pensei que tivesse sido você.
– Tenho uma coisa pra te contar.
– O que é?
– Senta, primeiro.

Cardíacos

Conversa de safenado é uma subdivisão de conversa de cardíaco. Conversa de cardíaco tem várias subdivisões, cada uma com seu código próprio.

— Você já...?

— Ainda não.

As reticências da pergunta substituem a palavra "enfartou". Há cardíacos que já tiveram enfarte (ou o enfarte, ou enfartozinho, no caso de ter sido um enfarte pequeno ou do enfartado ter desenvolvido um certo carinho pelo que lhe aconteceu) e cardíacos que ainda não. Os que ainda não olham os que já com o respeito que todo amador dedica aos profissionais do seu ramo. Os que já olham os que ainda não com um misto de pena e desafio: eu já tive o meu e ainda estou aqui, velho. Quero ver você. (Há uma certa agressividade entre cardíacos. É a sua forma de serem solidários. De desviarem, uns para os outros, seu ressentimento com esse algoz comum, o coração e suas artérias próximas.)

Outra subdivisão da conversa de cardíaco é a comparação de hemogramas.

— O meu bom está alto e o meu ruim está baixo.

— Parabéns!

O "parabéns" pode esconder a inveja. Exames de sangue são como exames de escola, há os que passam e há os que rodam, às vezes literalmente. Com a desvantagem que não adianta você colar do hemograma do vizinho. O "bom" refere-se ao colesterol bom, de que todos precisamos, o "ruim" ao seu oposto, o colesterol mau, o que nos mata.

E há aquela parte da conversa que sempre acaba em lamento e recriminações. A questão do exercício.

— Tens caminhado?

— Não. Cadê o tempo?

— Faz como eu, compra uma bicicleta ergométrica. É muito mais prático, pode-se usar com qualquer clima, é mais seguro...

— Você faz bicicleta ergométrica quantas vezes por semana?

— Nenhuma. Cadê tempo?

É nas conversas de safenados que o espírito de competição aparece com muito mais força entre os cardíacos. A hora de cada um dizer quantas pontes fez é um pouco como a hora de mostrar o jogo, no pôquer. A sensação é a mesma.

— Tenho duas safenas e uma mamária.

— Ganhei! Tenho três safenas e uma mamária.

(Três safenas e duas mamárias equivaleria a um full hand no pôquer. Pode ser batido, mas não facilmente.)

Para os sãos e os leigos não se sentirem diminuídos, explico que pontes de safena são feitas com as veias safenas que nós temos nas pernas. Como elas não fazem muita falta nas pernas, pode-se especular que foram postas ali já prevendo a sua eventual utilização como sobressalentes, por alguma Força Superior com um senso de humor discutível. As mamárias são veias que já estão no tórax e são apenas desviadas para outros fins, como os recursos do INPS pelo governo. As mamárias são mais confiáveis do que as safenas. Isto, talvez, se deva ao fato das safenas emigrarem da perna para o peito, onde precisam se ambientar, conhecer os novos vizinhos etc., enquanto as mamárias já são da zona.

Sei lá.

Tenho três safenas e uma mamária. Algo como uma trinca, mas de ases. Não faço feio em nenhuma roda de safenados e já humilhei alguns. Mas sempre aparece alguém para dizer:

– As tuas três safenas na primeira operação, mais três safenas e uma mamária na segunda.

Sempre tem um mais exibido.

III

A sós

Versões

Vivemos cercados pelas nossas alternativas, pelo que podíamos ter sido.

Ah, se apenas tivéssemos acertado aquele número (unzinho e eu ganhava a sena acumulada), topado aquele emprego, completado aquele curso, chegado antes, chegado depois, dito sim, dito não, ido para Londrina, casado com a Doralice, feito aquele teste...

Agora mesmo neste bar imaginário em que estou bebendo para esquecer o que não fiz — aliás, o nome do bar é Imaginário — sentou um cara do meu lado direito e se apresentou:

— Eu sou você, se tivesse feito aquele teste no Botafogo.

E ele tem mesmo a minha idade e a minha cara. E o mesmo desconsolo.

— Por quê? Sua vida não foi melhor do que a minha?

— Durante um certo tempo, foi. Cheguei a titular. Cheguei à seleção. Fiz um grande contrato. Levava uma grande vida. Até que um dia...

— Eu sei, eu sei... — disse alguém sentado ao lado dele.

Olhamos para o intrometido... Tinha a nossa idade e a nossa cara e não parecia mais feliz do que nós. Ele continuou:

— Você hesitou entre sair e não sair do gol. Não saiu, levou o único gol do jogo, caiu em desgraça, largou o futebol e foi ser um medíocre propagandista.

— Como é que você sabe?

— Eu sou você, se tivesse saído do gol. Não só peguei a bola como me mandei para o ataque com tanta perfeição que fizemos o gol da vitória. Fui considerado o herói do jogo. No jogo seguinte, hesitei entre me atirar nos pés de um atacante e não me atirar. Como era um herói, me atirei... Levei um chute na cabeça. Não pude ser mais nada. Nem propagandista. Ganho uma miséria do INSS e só faço isto: bebo e me queixo da vida. Se não tivesse ido nos pés do atacante...

— Ele chutaria para fora.

Quem falou foi o outro sósia nosso, ao lado dele, que em seguida se apresentou.

— Eu sou você se não tivesse ido naquela bola. Não faria diferença. Não seria gol. Minha carreira continuou. Fiquei cada vez mais famoso, e agora com fama de sortudo também. Fui vendido para o futebol europeu, por uma fábula. O primeiro goleiro brasileiro a ir jogar na Europa. Embarquei com festa no Rio...

— E o que aconteceu? — perguntamos os três em uníssono.

— Lembra aquele avião da Varig que caiu na chegada em Paris?

— Você...

— Morri com vinte e oito anos.

Bem que tínhamos notado sua palidez.

— Pensando bem, foi melhor não fazer aquele teste no Botafogo...

— E ter levado o chute na cabeça...

— Foi melhor — continuou — ter ido fazer o concurso para o serviço público naquele dia. Ah, se eu tivesse passado...

— Você deve estar brincando.

Disse alguém sentado a minha esquerda. Tinha a minha cara, mas parecia mais velho e desanimado.

— Quem é você?

— Eu sou você, se tivesse entrado para o serviço público.

Vi que todas as banquetas do bar à esquerda dele estavam ocupadas por versões de mim no serviço público, uma mais desiludida do que a outra. As consequências de anos de decisões erradas, alianças fracassadas, pequenas traições, promoções negadas e frustração. Olhei em volta. Eu lotava o bar. Todas as mesas estavam ocupadas por minhas alternativas e nenhuma parecia estar contente. Comentei com o barman que, no fim, quem estava com o melhor aspecto, ali, era eu mesmo. O barman fez que sim com a cabeça, tristemente. Só então notei que ele também tinha a minha cara, só com mais rugas.

— Quem é você? — perguntei.

— Eu sou você, se tivesse casado com a Doralice.

— E...?

Ele não respondeu. Só fez um sinal, com o dedão virado para baixo.

O suicida e o computador

Depois de fazer o laço da forca e colocar uma cadeira embaixo, o escritor sentou-se atrás da sua mesa de trabalho, ligou o computador e digitou:

"No fundo, no fundo, os escritores passam o tempo todo redigindo a sua nota de suicida. Os que se suicidam mesmo são os que a terminam mais cedo."

Levantou-se, subiu na cadeira sob a forca e colocou a forca no pescoço. Depois retirou a forca do pescoço, desceu da cadeira, voltou ao computador e apagou o segundo "no fundo". Ficava mais enxuto. Mais categórico. Releu a nota e achou que estava curta. Pensou um pouco, depois acrescentou:

"Há os que se suicidam antes para escapar da terrível agonia de encontrar um final para a nota. O suicídio substitui o final. O suicídio é o final."

Levantou-se, subiu na cadeira, colocou a forca no pescoço e ficou pensando. Lembrou-se de uma frase de Borges. Encaixa, pensou, retirando a corda do pescoço, descendo da cadeira e voltando ao computador. Digitou:

"Borges disse que o escritor publica seus livros para livrar-se deles, senão passaria o resto da vida reescrevendo-os. O suicídio substitui a publicação. O suicídio é a publicação. No caso, o livro livra-se do escritor."

Levantou-se, subiu na cadeira, mas desceu da cadeira antes de colocar a forca no pescoço. Lembrara-se de outra coisa. Voltou ao computador e, entre o penúltimo e o último parágrafo, inseriu:

"Há escritores que escrevem um grande livro, ou uma grande nota de suicida, e depois nunca mais conseguem escrever outro. Atribuem a um bloqueio, ao medo do fracasso. Não é nada disso. É que escreveram a nota, mas esqueceram-se de se suicidar. Passam o resto da vida sabendo que faltou alguma coisa na sua obra e não sabendo o que é. Faltou o suicídio."

Levantou-se, ficou olhando a tela do computador, depois sentou-se de novo. Digitou:

"No fundo, no fundo, a agonia é saber quando se terminou. Há os que não sabem quando chegaram ao final da sua nota de suicida. Geralmente, são escritores de uma obra extensa. A crítica elogia sua prolixidade, a sua experimentação com formas diversas. Não sabe que ele não consegue é terminar a nota."

Desta vez não se levantou. Ficou olhando para a tela, pensando. Depois acrescentou:

"É claro que o computador agravou a agonia. Talvez uma nota de suicida definitiva só possa ser manuscrita ou datilografada à moda antiga, quando o medo de borrar o papel com correções e deixar uma impressão de desleixo para a posteridade leva o autor a ser preciso e sucinto. Tese: é impossível escrever uma nota de suicida num computador."

Era isso? Ele releu o que tinha escrito. Apagou o segundo "no fundo". Era isso. Por via das dúvidas, guardou o texto na memória do computador. No dia seguinte o revisaria. E foi dormir.

Dr. Gomide

Começou a ter sempre o mesmo sonho. Um pesadelo. Vinha caminhando por uma calçada coberta, atrás de arcos (depois identificou o cenário como um quadro do De Chirico) e quando passava sobre uma grade no chão uma mão o agarrava pelo tornozelo e o impedia de prosseguir. Enquanto se debatia para libertar o pé, era lentamente cercado por uma multidão. Identificava rostos na multidão: sua mãe, sua professora de catecismo, o tsar Nicolau II com a família, três moços com o uniforme do São Paulo (depois descobriu que era a linha média dos anos 1950, Bauer, Rui e Noronha), Indira Gandhi, Waldick Soriano... A multidão variava a cada sonho mas a sua mãe estava sempre lá, e gritava "Agora você vai me ouvir! Agora você vai me ouvir!". O cerco ficava cada vez mais opressivo, ele lutava desesperadamente para soltar o pé, e sempre acordava gritando "Não! Não!" e chutando a mulher. Depois de ter o mesmo sonho todas as noites durante um mês, resolveu procurar ajuda. Não aguentava mais. Recomendaram que procurasse o dr. Gomide.

O dr. Gomide não era um psicanalista comum. Aliás, não era exatamente um psicanalista. Na porta do seu consultório estava escrito assim: "Dr. Gomide, não exatamente um psicanalista". Era famoso por acabar com pesadelos. Ele ouviu a descrição do sonho de olhos fechados, fazendo duas ou três perguntas. Depois disse: "Deixa comigo". E declarou que apareceria no sonho daquela noite. Mas como, aparecer no sonho? "Não se preocupe. Estarei lá." Faria, por assim dizer, uma análise "in loco", para não dizer "in louco". Mas como isso era possível?

– Deixa comigo.

O sonho daquela noite foi como o de todas as noites. O cenário vazio de Chirico. Os arcos, a calçada, a grade no chão, a mão agarrando o tornozelo, a multidão materializando-se e aproximando-se sob os arcos, sua mãe na frente de dedo em riste. Ele começou a procurar o dr. Gomide entre as caras à sua frente (Carequinha, Café Filho, Marisol). Gritou "Dr. Gomide!". Viu uma mão que acenava sobre as cabeças da multidão, ouviu a voz do dr. Gomide que gritava: "Calma, estou chegando aí!". Mas a multidão avançava, sua mãe gritava "Agora você vai me ouvir! Agora você vai me ouvir!" e ele acordou, gritando e chutando a mulher, antes que o dr. Gomide chegasse.

No mesmo dia contou o sonho ao dr. Gomide que fez "Hmmm" e acrescentou: "Deixa comigo". Naquela noite, quando o sonho começou, o dr. Gomide já estava ao seu lado. Quando a mão saiu do chão e o agarrou pelo tornozelo, o dr. Gomide abaixou-se, examinou a mão e observou que tinha um anel de doutor. Aquilo lhe dizia alguma coisa?

– Meu pai. Ele usava um anel assim.

– Hmmm. Seu pai queria que você seguisse a profissão dele. Estou certo? Mas você não quis. Você se rebelou contra a família.

– Não, não. Eu sou advogado como ele.

A multidão se aproximava. Parecia mais agressiva do que antes. Sua mãe estava entre Gengis Khan e Junior Baiano e duas cartucheiras se cruzavam sobre seu peito.

– Sua mãe talvez tivesse planos para você. Queria que você não seguisse a profissão do seu pai. Queria que você fosse bailarino. Oceanógrafo...

– Não sei. Não me lembro.

– Alguma coisa que você fez a desgostou. Tente se lembrar.

– Não consigo. Por que o senhor não pergunta a ela?

A mãe estava a poucos metros deles, com a cara transtornada, agitando o dedo na sua direção.

– Mamãe, este é o dr. Gomide. Ele quer...

Mas o dr. Gomide foi erguido do chão por piratas e atirado longe e ele só conseguiu escapar do cerco acordando e chutando as cobertas. Sua mulher passara a dormir na sala.

O dr. Gomide ouviu o relato do sonho em silêncio, só fazendo algumas anotações. No fim disse:

– Não se preocupa.

– Como não me preocupar, doutor? Eu não aguento mais esse sonho todas as noites.

– Vou curá-lo ou devolvo o seu dinheiro. Ainda não falhei. Não se preocupe.

– Mas doutor...

– Deixa comigo.

No sonho daquela noite, havia uma grande quantidade de beduínos na multidão. Sua própria mãe vestia roupas do deserto e o ameaçava com uma espada curva, gritando "Agora você vai me ouvir! Agora você vai me ouvir!". Só quando o beduíno que liderava a turba o agarrou pela frente do pijama ele viu que era o dr. Gomide disfarçado, com um nariz postiço e a cara pintada.

— Pega isto — disse o dr. Gomide, empurrando uma metralhadora contra a sua barriga.

— Mas...

— Não discute e pega a metralhadora! Não foi fácil consegui-la.

Em seguida o dr. Gomide rodopiou e enfrentou a multidão, empunhando sua própria metralhadora.

— Ao diabo com a análise — gritou. — Vamos sair daqui à bala!

A frase

O melhor texto de publicidade que eu já vi era assim: uma foto colorida de uma garrafa de uísque Chivas Regal e, embaixo, uma única frase: "O Chivas Regal dos uísques".

O anúncio é americano. Em algum anuário de propaganda, desses que a gente folheia nas agências em busca de ideias originais na esperança de que o cliente não tenha o mesmo anuário, deve aparecer o nome do autor do texto. No dia em que eu descobrir quem é, mando um telegrama com uma única palavra. Um palavrão. Que tanto pode expressar surpresa quanto admiração, inveja, submissão ou raiva. No meu caso, significará tudo ao mesmo tempo. Palavrão PT Segue carta explosiva PT Abraços etc.

Duvido que o autor da frase receba o telegrama. O cara que escreveu um anúncio assim não recebe mais telegramas. Não atende mais nem a porta. Não se mexe da cadeira. Não lê mais nada, não vê televisão, não vai a cinema e fala somente o indispensável. Passa o dia sentado, de pernas cruzadas, com o olhar perdido. Alimenta-se de coisas vagamente brancas e bebe champanha *brut* em copos de tulipa. Com um leve sorriso nos cantos da boca.

Foi o sorriso que finalmente levou sua mulher a pedir o divórcio. Ela aguentou tudo. O silêncio, a indiferença, as pernas cruzadas, tudo. Mas o sorriso foi demais.

"Bob (digamos que o seu nome seja Bob), você não vai mais trabalhar?"

Sorriso.

"Nunca mais, Bob? Há uma semana que você não sai dessa cadeira."

Sorriso.

"Bob, o Bill disse que o seu lugar na agência está garantido, quando você quiser voltar. Mas eles não podem continuar pagando se você não voltar."

Sorriso.

"As crianças precisam de sapatos novos. O aluguel do apartamento está atrasado. Meu analista também. Nosso saldo no banco se foi com a última caixa de champanha que você mandou buscar."

Sorriso.

"Sabe o que estão dizendo na agência, Bob? Que o seu texto para o Chivas Regal foi pura sorte. Que foi genial, mas você não faz dois iguais àquele. Você precisa ir lá mostrar para eles, Bob. Faça alguma coisa, Bob!"

Bob fez alguma coisa. Descruzou as pernas e cruzou outra vez. Sorrindo.

A mulher tratou do divórcio sozinha. Na hora das despedidas, ele inclinou-se levemente na poltrona para beijar as crianças mas não disse uma palavra. Continua sentado lá até hoje.

Levanta-se para ir ao banheiro, trocar de roupa e telefonar para fornecedores de enlatados e champanha. Os que ainda lhe dão crédito. O resto do tempo fica sentado, as pernas cruzadas, o olhar perdido. E o sorriso.

Uma faxineira vem uma vez por semana, limpa o apartamento (há pouco para limpar, ele não toca em nada) e vai embora. Abanando a cabeça. Pobre do sr. Bob. Um moço tão bom.

Os amigos preocupam-se com ele. A agência lhe faz ofertas astronômicas para voltar. Ele responde a todos com monossílabos e vagos gestos com o copo de tulipa. E todos vão embora, abanando a cabeça.

Contam que a mesma coisa aconteceu com o primeiro homem a escalar o Everest. Para começar, quando chegou no topo, no cume da montanha mais alta da Terra, ele tirou um banquinho da sua mochila, colocou o banquinho exatamente no pico do Everest e subiu em cima do banquinho! O guia nativo que o acompanhava não entendeu nada. Se entendesse, estaria entendendo o homem branco e toda a história do Ocidente. De volta à civilização o homem que conquistou o Everest passou meses sem falar com ninguém e sem olhar fixamente para nada. Se tinha mulher e filhos, esqueceu. E tinha um leve sorriso nos cantos da boca.

Você precisa entender que quem escreve para publicidade está sempre atrás da frase definitiva. Não importa se for sobre um uísque de luxo ou uma liquidação de varejo, importa é a frase. Ela precisa dizer tudo o que há para dizer sobre qualquer coisa, num decassílabo ou menos. Tão perfeita que nada pode segui-la, salvo o silêncio e a reclusão. Você atingiu o seu próprio pico.

Bob tem duas coisas a fazer, depois de passada a euforia das alturas. Uma é voltar para a agência, mas com outro status. Por um salário mais alto, apenas perambulará pelas salas para ser apontado a novatos e visitantes como o autor da frase, aquela.

"Você quer dizer... A frase?" "A frase."

Outra é começar de novo em outro ramo. Com uma banca de chuchu na feira, por exemplo. Ele não precisa conquistar mais nada, é o único homem realizado do século.

Mas por enquanto Bob só olha para as paredes. De vez em quando, diz baixinho:

"O Chivas Regal dos uísques..."

E aí atira a cabeça para trás e dá uma gargalhada. Depois descruza e recruza as pernas e bebe mais um gole de champanhe.

O outro

Batem na porta. O homem que vai abrir tem quarenta e poucos anos. Dele se pode dizer que está bem de vida mas não necessariamente bem na vida. Abre a porta com alguma irritação. Quem bateu é um homem da sua idade, da sua altura, com feições parecidas com as suas – mas as semelhanças terminam aí. O homem que bateu parece não ter uma preocupação na vida. Está sorrindo.

– Alô! – diz, alegremente. – Eu sou Tuio Lamar.

– Sim?

– Tuio Lamar! Não está reconhecendo o nome?

– Desculpe, mas...

E de repente vem a lembrança. "Tuio Lamar" é o pseudônimo que o homem usou no primeiro poema que escreveu. Primeiro e único. Mas...

– Quem é você?

– Já disse. Tuio Lamar. O seu pseudônimo.

– Que brincadeira é essa?

– Não é brincadeira. Eu sou você se tivesse continuado poeta.

E é mesmo ele. Só que é ele sem tudo o que acontecera depois do primeiro, e único, poema. Um pseudo-ele.

— E o que você faz na vida?

— Poemas, claro.

— Espero que sejam melhores do que aquele primeiro. Aquele era de matar.

Tuio Lamar para de sorrir.

— Eu gostei — diz.

Claro. Alguém chamado Tuio Lamar tinha que gostar de um poema como aquele. Chamado, se ele se lembrava bem, "Quimeras", mas sentiu que tinha magoado o outro. Tentou consertar.

— Você, ahn, continuou fazendo poemas no mesmo estilo?

— Sim. Evoluí um pouco, claro. Lembre-se de que fiz aquele com dezessete anos. Mas continuo um lírico.

— Ótimo, ótimo.

— Posso entrar?

— Claro.

Tuio Lamar volta a sorrir. É um homem agradável.

Veste-se bem, embora um pouco à antiga. E não tem uma ruga no rosto.

— Você é engenheiro, certo? — pergunta Tuio Lamar.

— É. Bem. Hoje faço mais administração...

— Interessante.

O engenheiro fica sem jeito. Não tem o que conversar com um poeta. Mas a situação é fascinante. Precisa saber mais sobre o outro. Que, afinal, é a sua alternativa. Em carne e osso.

— Desculpe, mas do que é que você vive?

O outro não parece entender a pergunta.

— Eu faço poemas.

— Sim, mas... Isso dá dinheiro?

— Ora, dinheiro.

— Você casou?

– Tenho paixões. As minhas musas. Nunca casei. Meus romances não terminam em casamento, terminam em poemas.

– Eu casei. Agora estou divorciado.

– Eu sei.

– Você acompanha minha vida?

– Sua pseudovida, você quer dizer.

– Perdão. Pseudo é você.

– Está bem, está bem. Não vamos brigar.

O outro não gosta de brigar. É de uma candura desarmante. Oferece-se para declamar alguns dos seus poemas. Declama. São maus poemas. Ingênuos, óbvios. Mas ele os declama com entusiasmo. Ele se admira. O dono da casa pensa: ele é eu sem a autocrítica. Coitado.

Mas em seguida pensa, enquanto o outro continua declamando, agora coisas do que chama sua "fase neoparnasiana": ele não tem uma ruga. Não tem autocrítica, não tem superego, não tem renda e não tem uma ruga! No meu enterro, quando eu morrer de estresse e complicações, vai provavelmente ficar num canto, sacudindo a cabeça, com pena de mim e da vida que eu joguei fora. E depois fará um poema horroroso.

Aquática

Me lembrei do ventre da minha mãe, eu flutuando dentro da bolsa d'água. Vidão. Casa e comida e não precisava nem mastigar. Dizem que do momento da concepção até o parto o homem recria no ventre materno toda a evolução da sua espécie. O espermatozoide que chega ao óvulo é como aquela primeira ameba que saiu do mar, recebeu uma descarga elétrica e começou a se reproduzir, e milhões de anos depois deu na Sharon Stone. Sim, porque a vida começou no mar, você sabia? O homem é um fruto do mar. A gente ainda tem no sangue restos de água salgada. É por isso que a Lua tem tanta influência na vida do homem, são as marés lá dentro. Você sabia que o feto de muitos peixes é igual ao feto do homem? Até o seu segundo mês de vida, nada está decidido. Você tanto pode ser um peixe quanto uma pessoa. Um linguado ou um advogado. Imagine se houvesse um descontrole genético qualquer. Imagine a cara do seu pai ao receber a notícia. "Parabéns, é um golfinho." Está explicada a atração do homem pelo mar. É o mesmo instinto que nos faz voltar pra casa. Por isso o mar é o símbolo de tanta coisa e domina a imaginação humana. Por isso as praias ficam cheias aos domingos. Por isso eu me entusiasmei e nadei para além da rebentação.

A rebentação! Viu como tudo se encaixa? O parto, o rompimento da bolsa d'água, a nossa chegada na terra, a ameba se transformando em réptil. Claro que para você, um salva-vidas, o mar não tem significado nenhum. É um emprego. Os salva-vidas são os burocratas do mar. Eu estou relaxado. Nunca me senti tão bem. Quase me afogar nunca tinha me acontecido antes. No momento que a gente se sente mais perdido, sozinho, indefeso contra a imensidão do mar, aí é que vem a revelação. Tudo se encaixa. Não somos nada e somos tudo. Somos o mar, somos aquela primeira ameba, somos a eternidade, somos o psat, proc, psut... Epa, acho que engoli água. Certo, vou parar de falar. Já chegamos na rebentação?

Me lembrei de tudo. Do meu primeiro banho. Das primeiras fraldas molhadas. Da água do batismo. Revi toda a memória aquática da humanidade. Os descobrimentos, os grandes naufrágios... A passagem das tribos de Israel pelo mar Vermelho. O Dilúvio. Moby Dick. O Príncipe Submarino. Capitão Nemo. Esther Williams. Me lembrei de andar de quatro, depois andar ereto, depois virar um aquário na minha cabeça, com peixe e tudo. Me lembrei da vez que caí no chafariz da praça. Da primeira vez que vi um rio. Do primeiro xixi na piscina. E da primeira vez que vi o mar. Fiquei paralisado na frente do mar. Parecia uma coisa viva. Até aquele minuto, a maior coisa viva que eu conhecia era a minha tia Cenira, e o mar era maior do que a tia Cenira. Não tive medo, fui entrando, empolgado, emocionado. Quando a pessoa se embebeda, dizem que está na água, e deve ser por isto. Esta euforia, esta paz. Eu estava gritando por socorro? Não me lembro. É um fato muito recente para estar incluído nesta recapitulação. Talvez na próxima.

A gente se lembra de cada coisa. Me lembrei de onde guardei um velho chapéu que todos davam por perdido. Números de telefone. Cenas do *Gunga Din*. Trechos de música. Velhas montagens do TBC com Tônia, Celli e Autran. A única vez em que tomei banho de banheira junto com uma mulher e inundamos o banheiro, o vizinho de baixo veio reclamar e como era mesmo o nome dela? Pensando bem, toda minha vida passou diante dos meus olhos, menos a parte em que eu aprendi a nadar.

O quê? Já dá pé? Posso caminhar até a praia? Obrigado. Puxa, obrigado. Sandra! O nome dela era Sandra. Ih, está cheio de gente assistindo à minha chegada. Obrigado, pessoal. Eu estou bem. Eu estou bem! Ih, olha a vaia. Vexame.

Preâmbulos

Quando alguém começa a frase com "Eu não sou racista, mas...", você pode estar certo de que o que segue será uma declaração racista que desmentirá espetacularmente o seu preâmbulo. Ninguém é mais racista do que quem começa dizendo que não é.

"Eu não sou moralista, mas..." geralmente precede uma posição moralista de embaraçar um Savonarola. "Eu não tenho nada contra, mas..." Segue um catálogo de coisas contra.

O hábito do preâmbulo imediatamente contrariado tem o seu lado bom. Significa que quem o usa pelo menos reconhece que vai destoar do que seria um pensamento normal, universal, esclarecido e correto. Que precisa se precaver e fornecer uma espécie de salvo-conduto para a sua opinião extrema. Às vezes o salvo-conduto vem no fim, como um adendo.

— Acho que comunista tem que matar.

Silêncio. Troca de olhares.

— Não que eu seja um reacionário...

Suspiros de alívio. Tudo esclarecido. O cara não é um reacionário. Ainda bem.

A verdade é que devemos ter muito cuidado com os preâmbulos. De preferência, fugir deles. Por exemplo:

— Posso te fazer uma pergunta?

Este é mortal. No meio de uma conversa, no meio de outras perguntas, vem o pedido de permissão para fazer uma pergunta. Que obviamente será mais séria, mais difícil e potencialmente mais indiscreta ou agressiva do que as perguntas para as quais nenhuma permissão é necessária. Evite-a.

— Posso te fazer uma pergunta?

— Não!

— Mas...

— Não pode!

Mas o pior preâmbulo, o que já deflagrou mais desentendimento e discórdia e acabou com mais amizades, casamentos e carreiras do que qualquer outro, o que deveria ser banido de todos os vocabulários para que a Humanidade vivesse em paz, é:

— Posso ser franco?

Não deixe! Exija falsidade, hipocrisia, mentiras ou silêncio. Tudo menos franqueza.

Melhor ainda: corra.

Antes e depois

Há os que passam todo o ano pensando nas férias e todo o ano seguinte se recuperando delas – ou pensando em como pagá-las. Muitas vezes, mais importante do que as férias são o antes e o depois. Alguns se divertem tanto planejando suas férias que quase dispensam as férias. Outros veem férias apenas como um pretexto para fotografar tudo o que puderem com maior rapidez possível e só depois, mostrando os slides para os amigos, enxergarem por onde andaram.

– Aquele sou eu com a Magali.

– E aquilo no fundo o que é?

– No fundo? É o oceano Atlântico. Não, o Pacífico. Ou será o Atlântico?

O antes e o depois. Muitas vezes é grande o contraste entre o que se diz antes das férias e depois das férias.

Por exemplo:

Antes: "Vou chegar em casa, botar meu pijama e passar trinta dias de papo para o ar. Só me mexendo para coçar o pé. Uma bebidinha, um churrasquinho, e deixa o tempo passar...".

Depois: "Como o tempo custou a passar! O dia inteiro sem fazer nada. Saco. Briguei com a família, briguei com todo mundo. Depois de uma semana nem eu me aguentava dentro de casa. Ainda bem que acabou. E não me falem em churrasco durante um ano!".

Antes: "Está tudo minuciosamente planejado. Reservas de hotel, conexões de voos, fusos horários, tudo. Vai funcionar como um relógio".

Depois: "Como se não bastasse o extravio das duas malas que foram parar em Sri Lanka, o hotel que a agência nos reservou em Londres não existe mais. Agora é um parque de estacionamento. E por que ninguém me disse que na Europa é quatro horas mais tarde, não mais cedo? Passei uma semana jantando ao meio-dia e tomando café da manhã às dez da noite. No mais foi tudo bem. Fora a perda dos passaportes e o assalto em Palermo".

Antes: "Vai ser sensacional rever a tia Idalina e os primos de Vitória depois de dez anos".

Depois: "A tia Idalina ainda vá, mas o marido... Depois de dois dias nem podíamos nos olhar. E o desgraçado ainda recortava os artigos do Delfim. E os primos? Estão uns monstros! A mais velha, inclusive, é sadomasoquista".

Antes: "Ah! A praia, o mar, o sol...".

Depois: "Bicho-do-pé, queimaduras generalizadas, intoxicação alimentar, o Júnior quase se afogou duas vezes... E os preços!".

Antes: "Vamos pegar o carro e sair por aí, sem rumo".

Depois: "Quebrar o carro não foi nada. Pior foi ter que dormir três dias na casa de um maluco que dormia na mesma cama com uma mula chamada Doroti e dizia que era primo distante do diabo".

Antes: "Vamos acampar no mato. Um mês ao ar livre. Contato com a natureza. Isso é que é vida saudável!".

Depois: "Só para dar uma ideia: uma noite os mosquitos levantaram a Jandira do chão, com saco de dormir e tudo, e teriam levado ela para o mato se nós não tivéssemos segurado com força. Mas levaram a Kombi".

Antes: "Vou aproveitar para pôr em dia minha leitura".

Depois: "Olha, comecei a ver *Roda de fogo*, me interessei, acabei não lendo nada".

Antes: "Chego em Punta del Este e vou direto para o cassino. Ganho uma bolada e pago todo o veraneio. Meu sistema não falha".

Depois: "Mande dinheiro pt Sem tostão para pagar hotel et ameaçado prisão pt Urgente".

Brincadeira

Começou como uma brincadeira. Telefonou para um conhecido e disse:

– Eu sei de tudo.

Depois de um silêncio, o outro disse:

– Como é que você soube?

– Não interessa. Sei de tudo.

– Me faz um favor. Não espalha.

– Vou pensar.

– Pelo amor de Deus.

– Está bem. Mas olhe lá, hein?

Descobriu que tinha poder sobre as pessoas.

– Sei de tudo.

– Co-como?

– Sei de tudo.

– Tudo o quê?

– Você sabe.

– Mas é impossível. Como é que você descobriu?

A reação das pessoas variava. Algumas perguntavam em seguida:

— Alguém mais sabe?

Outras se tornavam agressivas:

— Está bem, você sabe. E daí?

— Daí nada. Só queria que você soubesse que eu sei.

— Se você contar para alguém, eu...

— Depende de você.

— De mim, como?

— Se você andar na linha, eu não conto.

— Certo.

Uma vez, parecia ter encontrado um inocente.

— Eu sei de tudo.

— Tudo o quê?

— Você sabe.

— Não sei. O que é que você sabe?

— Não se faça de inocente.

— Mas eu realmente não sei.

— Não vem com essa.

— Você não sabe de nada.

— Ah, quer dizer que existe alguma coisa para saber, mas eu é que não sei o que é?

— Não existe nada.

— Olha que eu vou espalhar...

— Pode espalhar que é mentira.

— Como é que você sabe o que eu vou espalhar?

— Qualquer coisa que você espalhar será mentira.

— Está bem. Vou espalhar.

Mas dali a pouco veio um telefonema.

— Escute. Estive pensando melhor. Não espalha nada sobre aquilo.

— Aquilo o quê?

— Você sabe.

Passou a ser temido e respeitado. Volta e meia alguém se aproximava dele e sussurrava:

— Você contou para alguém?

— Ainda não.

— Puxa. Obrigado.

Com o tempo, ganhou reputação. Era de confiança. Um dia, foi procurado por um amigo com uma oferta de emprego. O salário era enorme.

— Por que eu? — quis saber.

— A posição é de muita responsabilidade — disse o amigo. — Recomendei você.

— Por quê?

— Pela sua discrição.

Subiu na vida. Dele se dizia que sabia tudo sobre todos, mas nunca abria a boca para falar de ninguém. Além de bem informado, um gentleman. Até que recebeu um telefonema. Uma voz misteriosa que disse:

— Sei de tudo.

— Co-como?

— Sei de tudo.

— Tudo o quê?

— Você sabe.

Resolveu desaparecer. Mudou-se de cidade. Os amigos estranharam o seu desaparecimento repentino. Investigaram. O que ele estaria tramando? Finalmente foi descoberto numa praia remota. Os vizinhos contam que uma noite vieram muitos carros e cercaram a casa. Várias pessoas entraram na casa. Ouviram-se gritos. Os vizinhos contam que a voz que mais se ouvia era a dele, gritando:

— Era brincadeira! Era brincadeira!

Foi descoberto de manhã, assassinado. O crime nunca foi desvendado. Mas as pessoas que o conheciam não têm dúvidas sobre o motivo.

Sabia demais.

Gourmandices

Era um restaurante francês (tão francês que fica na França) e perto da nossa mesa almoçava, sozinho, um homem ruivo. Depois, pela conversa dele com o chef – que, como todos os grandes chefs franceses, percorria o salão para recolher elogios –, descobrimos que o ruivo era australiano. Quando a comida dele chegara à mesa, tínhamos visto o australiano levantar, preparar sua câmera, fotografar o prato e em seguida sentar-se para comer.

Obviamente, a fotografia era para ter uma recordação daquela experiência, um almoço num dos bons restaurantes do mundo. Também era para fins de ostentação: a foto certamente seria mostrada a amigos invejosos na Austrália. Mas havia outros significados possíveis no gesto. A gastronomia é a única arte que literalmente consome o seu objeto. O gourmet não tem o que colecionar ou contemplar a não ser boas lembranças. Está bem, pode juntar rótulos, menus, até respingos de um molho célebre cuidadosamente raspados da camisa e conservados, coagulados, em algum álbum. Mas o gourmet ama o efêmero, e ele próprio e sua fome são os responsáveis pela efemeridade do que ama.

Nosso australiano estava tentando cristalizar no tempo aquela obra rara, um prato de um grande chef, antes que ela seguisse sua trajetória inescapável, goela abaixo. A que termina sem glória, num abismo encanado. Era um gourmet inconformado com a sua própria volúpia destruidora.

As pessoas que andam de um lugar para outro colecionando imagens para mostrar os slides em casa e, aí sim, viajar confortavelmente, com a vantagem adicional de poder dar raiva aos amigos, têm esta alternativa. Chegar num restaurante famoso, estudar o cardápio e perguntar ao maître se os preços são para comer.

— Mas... evidentemente, monsieur!

— E só para fotografar, quanto é?

Não é que aquele outro gourmet, este inventado, tivesse chegado a um ponto de fastio com a vida e a comida. E que simplesmente não aguentava mais o que chamava "isso de todos os dias" — que para ele incluía *confit de canard* e ostras à Rockefeller. Decidira concentrar-se nos dois extremos do espectro culinário, ou no que definia sucintamente:

— O cru e o podre.

São duas áreas gastronômicas que oferecem uma variedade surpreendente. Entre os crus ele podia escolher ostras frescas sem qualquer disfarce ou outros mariscos, o carpaccio e as demais carnes cruas fatiadas dos italianos, a carne crua picada dos alemães e os peixes crus dos japoneses, sem contar, claro, todos os vegetais e legumes que podem ser comidos "in natura" depois de um banho para tirar os tóxicos.

Mas eram os podres que o fascinavam. Achava que a podridão era a maneira de a comida escapar do arbítrio do cozinheiro e encontrar seu próprio ponto de consumo. Era quando a comida se comia! O charque, ou a carne de sol, por exemplo, não era apenas carne podre. Era a carne como ela mesma se pretendia, depois de deixar de ser boi e passar a comida e muito depois de ser rudemente interrompida no seu processo de maturação por algum assador afoito. O peixe à escabeche era o peixe que saíra da água, passara incólume pela civilização e voltara à natureza. A podridão era o caminho natural de todas as coisas. Tudo que era orgânico procurava a podridão, se realizava na podridão. Era neste mágico momento de autoindulgência que ele queria saborear os alimentos. Queria ser cúmplice dos alimentos no momento em que eles se tornavam repugnantes ao paladar comum, e portanto só acessíveis a quem os compreendia. E, para não humilhar seus ouvintes com um excesso de argumentação, nem citava todos os resultados do leite estragado, como o iogurte, o queijo (quanto mais podre melhor) et cetera et cetera.

O Falcão

Só uma palavra descrevia a vida de Antônio. Foi a palavra que ele usou quando viu o tamanho da fila do ônibus.

– Merda!

Estava mal-empregado, malcasado, maltudo. E agora precisava chegar em casa e dizer à mulher que não atingira sua cota de vendas para o mês e que não podiam contar com o extra para pagar a prestação da geladeira nova. E que ela não o incomodasse.

Foi quando sentiu que encostavam a ponta de um cano nas suas costas. E uma voz igualmente dura disse no seu ouvido:

– Entra no carro.

Entrou no carro. O homem que metera a arma nas suas costas entrou em seguida. Antônio ficou espremido entre ele e outro homem. Que parecia ser quem dava as ordens.

– Vamos, vamos – disse o outro homem.

O carro arrancou. Eram quatro. Dois na frente. Os quatro bem-vestidos. Quando conseguiu falar, Antônio perguntou:

– O que é isto?

O silêncio.

– É sequestro?

Não podia ser sequestro. Ele era um insignificante. Não tinha dinheiro. Não tinha nada. Iam querer sua geladeira nova? Assalto também não era. Não pareciam interessados no que ele tinha nos bolsos (chaveiro, o dinheiro contado para o ônibus, uma fração de bilhete da loteria, as pastilhas para azia). Não pareciam interessados em nada. Olhavam para a frente e não falavam.

— Vocês não pegaram o homem errado, não?

O homem da esquerda, o que parecia estar no comando, finalmente olhou para Antônio. Disse:

— Fica quietinho que é melhor pra todo mundo.

— Mas por que me pegaram?

O homem sentado no banco da frente olhou para trás. Estava sorrindo. Não era um sorriso amigável.

— Você sabe por quê.

E de repente os quatro estavam falando. Cada um dizia uma frase, como se tivessem ensaiado.

— Você está sendo observado desde o aeroporto em Genebra.

— A Margaret, que você levou pro quarto, trabalha para o Alcântara. Foi ela quem nos deu o local do seu encontro com o Frankel, hoje.

— Foi a noite mais cara da sua vida, Falcão.

— Espera um pouquinho. Meu nome não é Falcão.

— Claro que não.

— Sabemos até que vinho você e a Margaret tomaram no jantar.

— A truta estava boa, Falcão?

— Meu nome não é Falcão!

— E a Margaret, que tal? Comparada com a truta?

— Eu posso provar que não sou o Falcão. É só olharem minha identidade!

— Nos respeite, Falcão. Nós estamos respeitando você.

— Mas é verdade! Vocês pegaram o homem errado! Olhem aqui...

Antônio começou a tirar a carteira do bolso de trás, mas o homem à sua direita o deteve. O da esquerda falou, num tom magoado:

— Não nos menospreze assim, Falcão. Só porque você é quem é, não é razão para nos menosprezar. Por favor.

— Mas olhem a minha identidade!

— Você tem mil identidades. O Alcântara nos avisou: não deixem ele enrolar vocês. O Falcão é uma águia.

— O Alcântara admira muito você, Falcão. Diz que se você não fosse tão bom, não seria preciso matá-lo.

Antônio deu uma risada. Na verdade, foi mais um latido. Seguido de um longo silêncio. Depois:

— Vocês vão me matar?

— Você sabe que sim.

Novo silêncio. Os quatro homens também pareciam subitamente tomados pela gravidade da situação. O da frente olhou para Antônio e sorriu, desta vez sem desdém. Depois virou-se para a frente e sacudiu a cabeça. Como se recém-tivesse se dado conta do que ia acontecer dali a pouco. Iam matar o Falcão. Estavam vivendo os últimos instantes de vida do grande Falcão. E Antônio sentiu uma coisa que nunca sentira antes. Uma espécie de calma superior. Nunca na sua vida participara de uma coisa tão solene. Quando falou, sua voz parecia a de outra pessoa.

— Por quê?

— O senhor sabe por quê.

— Onde?

Alguns segundos de hesitação. Depois:

— Na ponte.

O motorista lembrou-se:

— O seu Alcântara mandou perguntar se o senhor queria deixar recado pra alguém. Algum último pedido.

Tinham passado a tratá-lo de "senhor".

— Não, não.

O homem da esquerda parecia saber mais do que os outros sobre a vida do Falcão.

— Algum recado para a condessa?

Antônio sorriu tristemente.

— Só diga que pensei nela, no fim.

O homem da frente sacudiu a cabeça outra vez. Que desperdício, terem que matar um homem como Falcão.

Quando chegaram à ponte, ninguém tomou a iniciativa de descer do carro. Ninguém falou. Pareciam constrangidos. Foi Antônio quem disse:

— Vamos acabar logo com isto.

— O senhor quer alguma coisa? Um cigarro?

— Estou tentando parar — brincou Antônio.

Depois se lembrou de um anúncio que vira numa revista e perguntou:

— Nenhum de vocês teria um frasco de Cutty Sark no bolso, teria?

Os quatro riram sem jeito. Não tinham. Antônio deu de ombros. Então não havia por que retardar a execução.

Um dos homens abriu os braços e disse:

— Não nos leve a mal...

— O que é isso? — sorriu Antônio. — O que tem que ser, tem que ser. E não posso me queixar. Tive uma vida cheia.

Os quatro apertaram a mão de Antônio, emocionados. Depois amarraram suas mãos atrás e o jogaram da ponte.

Retardatário (ou Toda a vida)

Disse o homem: "Fiquei velho na época errada. Toda a minha vida foi assim. Cheguei às diferentes fases da vida quando elas já tinham perdido as suas vantagens. Ou antes de adquirirem vantagens novas. Passei minha vida com aquela impressão de quem entrou na festa quando ela já tinha acabado ou saiu quando ela ia ficar boa.

"Veja você: a infância. Houve um tempo em que crianças, assim, da minha classe, eram tratadas como príncipes e princesas. Está certo, elas também apanhavam muito. Mas havia as compensações. Geralmente uma avó morava junto ou morava perto e as consolava com colo e doces. E as mães não trabalhavam fora nem faziam academia ou tsao-tse-qualquer coisa. Ficavam em casa, inventando maneiras de estragar os filhos.

"Você alguma vez teve roupa de veludo? Nem eu. Sou da geração pós-veludo e pré-jeans. Às vezes olho fotografias daquelas crianças antigas com roupas ridículas, golas rendadas e babados, e me dá uma inveja... Aquilo sim era maneira de tratar criança. Acho que a minha geração deu no que deu porque nunca usou roupa de veludo. Ou cacho nos cabelos.

"Outra coisa: psicologia. Fui da primeira geração criada com psicologia. Nada de castigo – conversa. Ele rabiscou toda a parede? Está tentando expressar alguma coisa. E usou o batom da mãe? Ih, cuidado, uma surra agora pode deflagrar um processo de introjeção edipiana e traumatizá-lo para sempre. Também fui da primeira geração que, com a invenção da calculadora de bolso, não precisou decorar a tabuada. Resultado: cresci sem a noção de duas coisas importantíssimas: pecado e matemática.

"Cheguei tarde à infância e muito cedo à adolescência. A revolução sexual começou exatamente um dia depois que eu casei com a minha mulher porque era a única maneira de poder dormir com ela. Nos casamos num sábado e a revolução sexual começou no domingo. Ainda tentei desfazer o casamento, já que não precisava mais, mas não deu, estava feito.

"Minha adolescência foi um martírio. Me lembro dela como uma única e interminável tentativa de desengatar sutiãs. Os sutiãs eram presos atrás de mil maneiras. Ganchos, presilhas, botões, solda. Você precisava de um curso de engenharia para desengatá-los. Uma namorada minha usava um sutiã com uma fechadura atrás. Com combinação, como um cofre, juro. Dezessete para a esquerda, cinco para a direita, rápido que a mãe vem vindo! Você, garoto, nem deve saber o que é sutiã.

"Eu pensava ser um jovem adulto sério, engajado nas melhores causas, talvez até um ativista político, um guerrilheiro. Quando cheguei à idade, os jovens adultos estavam cuidando das suas carreiras e das suas carteiras de ações. Fui da primeira geração que quando falava em ir para as montanhas queria dizer para o fim de semana. E a última que ainda usou a palavra 'alienação', mas já sem saber bem o que queria dizer.

"Tudo bem, pensei. Vou me preparar para a velhice e os seus privilégios, com minha pensão e meus netos. Mas a Previdência está quase quebrando e minha aposentadoria é uma piada, e meus netos, quando me olham, parecem estar me medindo para um asilo geriátrico. E há meia hora que eu estou aqui chateando você com toda esta conversa e você ainda não se levantou para me dar o seu lugar."

E disse o garoto: "Pô, qual é, coroa? Esse negócio de dar lugar pra velho já era".

E suspirou o homem: "Eu não disse? Também cheguei tarde à velhice".

ESTA OBRA FOI COMPOSTA PELA ABREU'S SYSTEM EM INES LIGHT
E IMPRESSA EM OFSETE PELA GRÁFICA SANTA MARTA SOBRE PAPEL PÓLEN NATURAL
DA SUZANO S.A. PARA A EDITORA SCHWARCZ EM OUTUBRO DE 2025